Ronso Kaigai
MYSTERY
245

ある醜聞《スキャンダル》

BELTON COBB
SCANDAL
AT SCOTLAND YARD

ベルトン・コッブ
菱山美穂［訳］

論創社

Scandal at Scotland Yard

1969

by Belton Cobb

目次

主要登場人物

ブライアン・アーミテージ……ロンドン警視庁の警部補
キティー・アーミテージ……ロンドン警視庁の部長刑事。ブライアンの妻
バグショー……………ロンドン警視庁の警視
チェビオット・バーマン………ロンドン警視庁の警視正
サム・バーケット………ロンドン警視庁の巡査部長
エルシー・バーケット………サムの妻
ペギー・ソーンダーズ………ロンドン警視庁の巡査。バグショー警視の秘書
カーステアズ……………ブライトン警察の警視正
メイツ…………………ブライトン警察の警部補
チャールズ・ルッカー………ホテル支配人。元警官
ライアート夫妻…………ホテルの宿泊客
ウィナント夫妻…………ホテルの宿泊客
クラークソン夫妻…………ホテルの宿泊客

ある醜聞

第一章　警察官の私生活

1

「『人は微笑みながら悪人になることができる』という名台詞《ぜりふ》があったよね（『ハムレット』一幕五場に登場する）」わたしは尋ねた。「何も、われらがバグショー警視を悪人と決めつけているわけじゃないが、奴の笑顔には心がない。あいつは卑劣なことをしておきながら、立派な人間だとぼくたちに思わせるために作り笑いをしているのさ」

「彼は微笑んだりしないわ、ブライアン」妻のキティーが言い返す。「目くばせをするだけよ。そしてときどき目を細めるの」

「それだって微笑みに変わりはない」わたしは言い張った。「つまりはインチキだってことさ。害を与えない人物だと容疑者に思わせるのに、きっと便利なんだ。だが部下にはそんな顔を見せるわけにはいかない。目くばせをして、このアーミテージ警部補に命じるんだ。あたかも信頼できる警官と見なしているとでもいうように。それでいて昇進したての巡査部長並みに、次の捜査段階に入る前に逐一報告させたがるんだから。もうあいつにはいい加減、うんざりだよ、キティー」

「気持ちはわかるわ。だからってやけになっちゃだめ。彼は上司なんだから。喜んで彼の言うことに従っているふりをしなくちゃ。でなきゃ治安維持機関《フォース》でお先真っ暗よ」

わたしは不平を言った。「先があるとしても、奴はぼくが実力を発揮する機会をこれっぽっちも与えてくれない。奴の下じゃ、優秀な刑事だろうが役立たずだろうが関係ないんだ。他の上司につくためなら、なんだってするよ」

2

わたしが十年ほど前にロンドン警視庁《スコットランドヤード》に入ってからずっと直属の上司だったチェビオット・バーマンは、警部補から警部、そして警視と出世していった。その間、わたしはキティー——当時はパルグレーヴ女性捜査部巡査——と結婚し、バーマンの個人秘書となった。わたしを気に入ってくれてのことだろうが、とりわけキティーに目をかけていたからだと思う。かくしてわたしは警部補に昇格し、キティーは部長刑事となった。

わたしたち——バーマン、キティー、そしてわたし——はこぢんまりとしたチームとなり、たいてい一緒に働いた。そして庁内の当局——キティーはお偉方と呼んでいる——はバーマンを警視正にし、ひとつの班だけでなく四つの班の長《おさ》とした。それが結局わたしたちのチームを解散させた。早すぎる出世の結果バーマンは決裁処理に追われることとなり、キティーやわたしの担当する現場捜査にかかわれなくなったのだ。わたしたちはB班に残り、上司になったのが……例の憎き目くばせ男というわけだ。

彼の部下として辛いのは、キティーの指摘を思い知らされることだ。わたしの進退はバグショー警視次第で、わたしにはなす術がないのだ。

3

当時わたしはサセックスのイーストグリンステッドで起きた事件の捜査をしていた。バグショーは言うのだ。「欲しいのは証拠だよ、アーミテージ警部補。容易にとはいかないだろうが、探しているうちに見つかるはずだ。だからこそ、突破口が見えるまであらゆる手段を講じて、八方手を尽くして探すんだ。わかるな？　そしてなにをするにせよ、あからさまにするな、さもないと感づかれて犯人が逃げてしまう。いいな？　当然ながら成果の有無にかかわらず定例報告をすること、そうすればきみの捜査内容を把握して次の指示を与えられるからな」

いつものように彼はわたしを管理する。バグショーはすべてを掌握したがる悪い質《たち》なのだ。だが、今回の事件では、彼の予想より早くわたしは証拠を見つけた。おおかたバグショーのことだから、わたしが証拠を見つけたのはたまたま運が良かったのだと言ったのではないだろうか。せいぜい証拠によく気づいたと褒めてくれる程度だ。お褒めの言葉すらないこともある。だが今回わたしは冴えていた。ふたりの男の会話をたまたま聞いたわたしは、その内容の当たり障りのなさにむしろ違和感を覚えて調査し始め、手がかりを見つけて事件の全容をつかんだのだ。二、三日後に証拠をつかむと、最終的にはギャングのアジトを強制捜査するために地元警察の協力が必要となったのである。

地元の警視と早急に連絡を取ると、先方も迅速な対応をしてくれた。わたしが見つけた手がかりを伝えただけで、同日の夜には合同での強制捜査となった……というより、バグショーの管理下でなければ、強制捜査となるはずだった。チェビオット・バーマンの下で働いていたなら捜査が先で、報告は後にしただろう――「五人全員を収監しました」――するとバーマンはわたしの背中を叩いて「でかした、ブライアン……上出来だ」と言ってくれ、捜査員全員が満足感に浸れたはずだった。だがバグショーだとそうはいかない。わたしがさしあたり彼への届出書なしで済まそうとしても、彼に直接会って全証拠を提示し、彼の判断を待たねばならない。ギャングに逃走させないようにするにはスピードが勝負なのは明々白々だ……少なくともそれが一番重要なのだが、バグショーにとっては、自分が強制捜査を許可することが何よりも重要なのだ。

それが金曜日の午後となるとさらに話が厄介だ、というのもバグショーが週末には遠方で休暇を過ごすことを知っていたからだ。だから彼が庁を出る前につかまえなければならなかった。つまり、わたしがイーストグリンステッドから戻るまで彼に待っていてもらうよう電話で伝える――というより、頼む――必要がある。

だがわたしが電話をかけてバグショーに繋いでくれと頼むと、巡査部長はこう言った。「あいにくですが、フライト警部に任を引き継いで休暇に行かれましたよ。仕事を早めに切り上げて三十分前に署を出ました」

これには面食らった。バグショーが言う「あからさま」なことにならぬよう、細心の注意を払って捜査はしているが、わたしの内偵が漏れる可能性は常にあり、そうなると容疑者は潜伏してしまうのだ。強制捜査を遅らせると月曜日には逃げられてしまうかもしれない。それに、わたしはわたしなりにハードな一週間を送っていて、日曜日にはキティーと寛いで英気を養うことを心待ちにしている。だから――とどのつまり公私両面を考えて――迅速な行動を取る必要があった。

だが目下のところ、上司の承認なしには、警部補としてのわたしの任務は果たせない。

すっかり頭に血が上り、口に出すのが憚られるようなことしか頭に浮かばない。すると巡査部長がこう尋ねた。「フライト警部にお繋ぎいたしますか?」

フライトは好人物である……いうなれば心優しく威張り散らしたりしない一市民だ。しかし彼には欠点がある――それゆえ警部に留まり続け警視になれない――事なかれ主義なのだ。

わたしの報告を聞くと彼は言った。「なるほど、わかった。きみの言う通り緊急対応案件だ。だがあいにくバグショー警視が不在でね」

「どうか警部がご指示を」わたしは言った。

「バグショー警視の案件をいくつか引き継いでいるが、本件は受けていない。何も聞かなかったから、警視は急展開を予期していなかったのだろう」

「わたしが機転を利かせたからこそ急な展開になったわけでして。すぐにでも動いて犯人の不意を打つ必要があります」

「きみの言う通りだ。月曜日にバグショー警視が戻り次第……」

「先延ばしするのはあまりにも危険です」わたしは言った。「ぜひ強制捜査の許可を……」

「そう言われても案件を知らないのでね。バグショー警視が指揮を執りたがるのをきみだって知っているだろう」

こうなってしまうと、フライト警部は処置なしだ。だからわたしは言った。「おっしゃる通りですね。バグショー警視はどちらに行かれたのです？　行く先をご存じですか？」

「サセックスコーストのベルディーンだ。ザ・ベルボイ・ホテルだよ」フライトの声が和らぐ。「きみがイーストグリンステッドにいるなら、車で会いに行けるだろう。警視が到着したらすぐ会えるはずだから、経緯を報告して警視の指揮のもと強制捜査を行えばいい」

4

なるほど、言う通りだ。それにバーマン——四つの班の長《おさ》——に電話をしても構わないわけだ。彼なら、警視正がかかわっている案件でも何でも指示を下せる。だが権限はあるが、実際には指示を出さないだろうとわたしは思った……というのもバーマンには新たな案件だということもあるが、彼は——バグショーと違い——署員たちに自由に捜査をさせ——特に直属の部下には——事件を任せるからだ。バグショーにはぬかりなく対応せねばならない。電話で伝えるよりベルデイーンへ行こうと決心した。彼が着いたすぐ後にわたしが到着すれば、話もすぐに済むはずだ。

かくしてわたしはブライトンへ車を走らせ、ベルディーンを目指して海岸線を進んだ。ベルディーンはこぢんまりした観光地で、わたしも子供の頃には休暇を過ごしたところなので、再び訪れるのは楽しみだった。高層ビル群を除けば、十五年の時を経てもほとんど変わっていない。途中、パブに立ち寄って飲み物とサンドイッチを取り、ザ・ベルボイ・ホテルが四百メートルほど内陸に位置していると教えてもらった。引き続きハンドルを握りながら、池のある美しい草原に目をやる。学生時代にも見た覚えがある風景だ。

いまから思えば、運転中は景色に見とれるより道路に注意を払うべきだった。

若い女性が急に歩道から飛び出してきた。何とかハンドルを切り、女性を避けた——幸いにも女性も瞬時に車に気づいて後退ったが、急に体勢を変えたせいでバランスを崩した。わたしが急ブレーキをかけて停車すると、女性は道路に尻餅をついていた。

一瞬、女性を轢いたと思った。わたしは車から飛び出して女性のほうに身を屈めた。「大丈夫ですか?」わたしは強く呼びかけた。「怪我はありませんか?」

「大丈夫です」女性は応えた。「車に当たったんじゃなくて転んだんです。どこも怪我をしていません——お尻をひどく打ちつけたくらい」

「医者まで車で送りましょう」わたしは提案した。

「打ち身くらいで? そんな大げさな」女性は急いで立ち上がると、身体のぶつけた箇所を調べ始めた。あらぬ誤解を受けぬよう、わたしは見守るだけにしていたが、女性が実に均整の取れたプロポーションだとわかった。

「触ると少し痛いわ。でも一日か二日で痛みは治まりそうです。そういうことにしておかなきゃ。とにかく今夜が肝心なんだから」

女性はわたしに話しかけているというより自分に言い聞かせているようだ。「今夜、何かあるんですか？」わたしは尋ねた。

女性は改めてわたしに気づいたようにこちらに向き直った。何も彼女がはにかんだというつもりはないが——いまどきそんな娘はいないだろう？——少し面食らった様子だった。「ええ」女性は言った。「今夜はとても大切なことがあるんです」

5

わたしはずっと女性の顔を見ていた。魅力的な女性だ。二十歳か二十一歳といったところか。その顔にどこか見覚えがあり、わたしは言った。「前にお会いしましたよね？　どこかでご一緒しませんでしたか？」

女性は言った。「あら、お会いしたことなどありませんけど」

それでもわたしは思い出そうとした。確かに見たことがある顔だ。「わたしはチェルシーに住んでいます。その近辺にいらしたことは？」

「いいえ、ありません。お会いするのは初めてです」

なぜ女性が言い張るのかわからなかった。だが明らかに動揺……そう、動揺しているのだ。わたしは微笑みながら言った。「そうおっしゃるならしつこく言いませんが」それから――なぜそんなことを思いついたか自分でも不思議だが――こう尋ねた。「治安維持機関《フォース》にお勤めでは？」

女性はすぐに面食らった表情に戻って、こう言った。「とんでもない、警察とは何のかかわりもありません」

「じゃあぼくの勘違いですね。とにかく、打ち身を作らせてしまって本当に申し訳ない。何か力になれませんか。歩くのも辛そうじゃありませんか。とりあえず、あなたの家まで送らせてください」

それを聞いて女性が頬を緩めた。「いえ、住んでいるのはこの辺りじゃなくてロンドンです。ここには週末に来るくらいで」女性は転んだ時に落としていた小さなスーツケースを持った。「ブライトンからのバスで来ました。ちょうど降りて歩いていたところです。目的地までそう遠くありません」

「そこまで車で送らせてください」わたしは提案した。

「そうですね」女性はあいまいに言った。「お言葉に甘えようかしら？　転んでから少し痛みがあるし、今夜にきちんと備えておきたいので。どうしても気を抜けないんです」

女性が助手席に乗り込む。わたしは行く先を尋ねた。

「ああ、ベルボイというホテルです」女性が言った。

キティーに言わせると、わたしは頭の回転が速いほうではないそうだ。自覚はないが、うわの空で大事な点を見過ごして数分後に気づくことがあるのは事実だ。遅まきながら気づいたが、女性に治安維持機関《フォース》にいるかと尋ねた時、女性は「どの治安維持機関《フォース》ですか?」と聞き返さず、わたしが警察を指しているとすぐに理解していた。一般的に言って、普通の市民なら説明されないと警察とは気づかない。だがこの女性は知っていた。どうしてわかったのだろう?

わたしは少し考えているうちに、以前女性と会った場所を思い出した。かろうじて面識がある程度だが、彼女はバタシー西地区から異動してきたロンドン警視庁の婦警だ。名前はペギー・ソーンダーズ、バグショーの秘書として赴任してきていた。

6

7

今度はわたしが面食らった。こちらが気づいたのだから、彼女だってわたしに見覚えがあるはずだ……廊下や食堂、それにバグショーの執務室で。なのにわたしをまったく知らないと言い、そのうえ警察勤務を否定した。

彼女が「匿名」を通したいならわたしがどうこう言う筋合いはない。取り立てて問い質す気にもなれなかった――そんなことをすれば彼女を嘘つき呼ばわりするも同然だ。おまけに……なぜ彼女はそんな真似を？　火を見るよりも明らかではないか？

彼女は週末をベルボイで過ごす……それも台無しにできない週末で、しきりに「備えておく」ことを気にしている。そして彼女は面食らった様子だ。なるほど。どのような週末か察しがついた！　あたかも父親のように彼女の膝を軽く叩き――わたしより十歳ほど若いだろう――「さあ夜を楽しんできなさい！」と言いたいくらいだったが、差し控えた。

代わりにさらに考えを巡らせた。彼女はザ・ベルボイ・ホテルへ行く。その場所こそバグショーの週末の避暑地だ。そして彼女は彼の秘書である。手を尽くして配下に異動させるほど、バグショーは彼女を気に入っているに違いない。

彼は独身だ。確か三十歳代後半である。彼の私生活はベールに包まれている。だが四十歳近くの独身男性が、このように魅力的な容姿の秘書に入れ込むのは至極当然なこと……そして恋愛感情が高まり、ペギー・ソーンダーズに「今夜は大切なことがあるんです」と言わせるわけか？

考えを巡らせていた時、彼女が言った。「ここです――ザ・ベルボイ・ホテル」

わたしは後部座席に手を伸ばし彼女のスーツケースを取り、運んでやろうとしたが、そうすべきでないと気づいた。彼女と共にホテルに入ったら、せっかくの再会を楽しみにしていた恋人たちの逢瀬をぶち壊しにしてしまうではないか？　バグショーだって警視庁の者とこの場に居合わせたくないに決まっている！

それに厄介な点がある。わたしが彼女と一緒にいるところを彼が見たら、わたしたちが知り合いだと思い――わたしと面識がなく警察ともかかわりがない、とミス・ソーンダーズが言ったとは知る由もない――なぜ黙っていたのだと彼女は罵られるだろう。彼の腕の中に飛び込むはずが当てが外れた、と彼女は面食らう。そしてバグショー自身も、面食らう歳でもないとしても烈火のごとく怒るはずだ……誰よりもわたしを毛嫌いしているのだから。

　そう、決して彼女とホテルに入ってはならない。

　そこでわたしはスーツケースを彼女に渡すと、お大事に、と笑みを浮かべて言い、車を走らせた。

8

　しばらくして厄介なことになったと気づいた。というのもわたしはバグショーに会わなくてはならないし、いまから就寝するまでの間に機会をうかがって会うとしても、どうにもお互いばつが悪くなるからだ。三十分以内に会えば、お忍びの彼らの夕食の邪魔をしてしまうし、夕食後にすると、ふたりがいいムードになったところへ水を差すことになってしまう。それ以上待てば……そう、身も蓋もない結果になりそうだ。イーストグリンステッドでの強制捜査に関する件で指示を受けるのは正直言って、今日は無理だ――どうしても。

　わたしにできるのはイーストグリンステッドに戻ってその場にいる警視に会い、調査結果を報告して、うちの上司の指揮下の強制捜査の準備を整えるようにすることだ。それから明朝、ベルディーンにいるバグショーに会いにゆけばいい。おそらくその時には彼はすこぶる元気で、満足感に浸っているはずだ。休暇をわたしに邪魔されて悪態をつくだろうが、運がよければミス・ソーンダーズとは会わないで済むし、彼らの逢瀬に知らんぷりを決め込める。

そういうわけで、わたしはイーストグリンステッドへ引き返し、管轄の署で帰り支度をしていたスミザーズ警視を何とかつかまえた。最初は話がうまくかみ合っていた。わたしの捜査を彼は褒めてくれた。だが警視に「よし、直ちに出動して日付が変わる前に全員拘置所にぶち込もう」と言われた時、わたしは「残念ですがそれはできません。ぜひともそうしたいのですが、現段階では指示をもらっていないので」と言うよりほかなかった。

警視はわたしを凝視した。「ならどうしたい？　時間を置くのか？」

「実質そういうことになります。明日まで指示を得られないので」

「わたしの指示では不十分かね？　うちの管轄のギャングの犯行に関する情報をわざわざ持ってきてくれたから指示を出そうとしているのに」

わたしはひどく肩身が狭かった。「それはごもっともです」わたしは言った。「ですが本件に関しては証拠を得た時、上司に報告すると命じられています。まだ報告できていないのです、週末の休暇に出ていまして。上司の許可無しでは捜査を進められません」

「なんてことだ！　警視庁はそんなに手続きに時間がかかるというのか？　きみの上司の副官はいないのかね？」

わたしはフライト警部についてなんとか説明した。だがスミザーズ警視は意に介さなかった。

「ばかばかしい！」彼は言った。「とにかく警部補、きみは捜査手順を把握しているようだから、行動したほうがいい。上司がきみをなじるとでも？」

「命令に逆らうことになりますので」

「ひどい命令だ」警視は言った。「筋が通らない。きみは警視庁からここへ転属してきたほうがいい。わたしなら任務と十分な権限を与えてやれる。目下のところ対処すべきはきみの上司のようだ」

警視は受話器を手渡した。「連絡先は知っているんだろう？　なら電話して指示を受ければいい。上司が騒ぎ立てたらわたしが電話に出て文句を言ってやる」

その案はとても気に入った。だがわたしにできるはずもない。バグショーとミス・ソーンダーズが夕食後にいい雰囲気になっているかもしれない。そして――「今夜はとても大切なことがあるんです」と言っていた様子からすると――彼女はわたしの電話は望んでいまい。だから連絡を取るなら夜の早い時間にするしかない。その場合、ベルボーイがドアをノックしてミスター・バグショーにお電話です、と伝える時点で不愉快にさせるだろう。電話口に出る頃には怒り心頭でわたしの話など耳に入るまい。

だからこそ、バグショーに低姿勢で伝えられるよう、入念に準備しているのだ。わたしだってそんな時に邪魔などしたくない！

かと言ってスミザーズ警視に何もかも説明するわけにもいかない。

わたしは言った。「もちろんですとも。ごもっともです。ただバグショー警視は今夜は干渉しないでくれと念を押していました。わたしとしては——上司は何か特別な事情を抱えていて、それに専念したいと思い——集中を妨げる行為は避けてほしいのでは、と」

警視は鋭い。「きみが賢いのか愚鈍なのかわからんよ、警部補。話を聞いているときみの上司は新婚旅行にでも行っているようだ。『夜に電話してくるな』なんて言うのはそんな状況しか思いつかない」

わたしだってそう思う。バグショーに共感はできないが……たしなみのある者ならこのような状況にふさわしい行動をするのだろう。わたしが推理した内容をスミザーズ警視に認めてもらえるかどうかわからない。結局、男と女のことは当人以外首を突っ込むことではないのだし、しとねに共にいる間は聖域と見なしてやるものだ。とやかく言うのは起きて日常に戻ってからでいい。

だからわたしはスミザーズ警視に言った。「新婚旅行かどうかはまったくわからないんです。結婚のお祝い金も徴収されていませんから、ご意見には賛成しかねます。ですが、邪魔されたくない、と言っていたのは確かですから、彼の命令には逆らわないほうがいいのではないでしょうか？　ギャングのほうは見張りをつけてもらえば、明日には逮捕できるはずです」

第二章　警察官の日常

1

翌朝目覚めたわたしは元の「バグショー嫌い」に戻っていた。

彼がかわいい秘書と何をしているかはわたしの関知するところではない。だが任務の妨げとなることは許されるべきではない。スミザーズ警視にはうまく言っておいたが、バグショーは干渉するなとお達しを出していたわけではない。その必要性を感じず、わたしであれ誰であれベルディーンまで会いに来るのを想定していなかった。とはいえ、警官は常に任務中と心得よという原理に則って、あらゆる可能性をバグショーは予見すべきだったのだ。

よく言われることだが、わたしは自らの判断で行動すればよかったのだ。昨夜彼とミス・ソーンダーズの世界にずかずかと入り込んで台無しにしたとしても。わたしは同情めいた感情から行動を差し控えた――実行すればバグショー警視に嫌がられるとわかっていたからだ。

その状況だけはどうしても避けたかった。

イーストグリンステッドのギャングが夜のうちに逃亡したら、完全にバグショー警視の汚点となる。警視の職にある者たちは叱責されるのを嫌う……バグショーはわたしに責任転嫁してくるに違いない。わたしはイーストグリンステッドでの行動を称賛される代わりに、ひどい目に遭うことになるのだ。

警察署に確認したところ、万事つつがない様子だったので、少し気が楽になった。だが根本が違っていることには変わりはない。それでも何食わぬ顔でベルディーンに行ってバグショーと会う気にはなれなかった。それに、行けばミス・ソーンダーズと顔を合わせることになって災いを呼び込みかねない。昨夜どれほどわたしが気を揉んだかバグショーはすぐに気づかないまでも、鎌をかけてくるはずだ。ベルディーンにいたのに必要な指示を仰ぎに来なかったのは何故か、とまで言いかねない。ミス・ソーンダーズもいるのに、わたしに何が言えよう？　「ベッドでお愉しみのところを邪魔したくなかったものですから」とでも？　まったく、惨めな立場に追い込まれたものだ。

さまざまな展開が想定される状況に立ち向かうには気が重い。一方、スミザーズ警視はわたしからの一報を待っている。

わたしはベルディーンには行かず、バグショーからの指示を「電話」で取りつけることにした。そうすれば彼とだけ連絡を取ればよい……それに苦境に陥ったら、電話が切れたふりをして通話を止めればいい。

そこでわたしはホテルに電話をかけ「ミスター・バグショー」を呼び出した。少し間があいて女性の声がした。「ザ・ベルボイ・ホテルのフロントです。ご用件は？」

わたしは再びミスター・バグショーを呼んでくれと頼んだ。フロント係が言う。「申し訳ございません、バグショー夫妻は外出なさいました。昼食や夕食に立ち寄られることはないと思うとのことでした」

2

わたしは心苦しかったがスミザーズ警視に連絡せずにロンドンに戻り、チェルシーのフラットに帰った。幸いにも……その時の唯一の幸運だが……キティーが家にいた。彼女は目下、バグショー不在の間に責務を担っているフライト警部が指揮する事件にかかわっている。

家に入ると彼女が言った。「あら、ブライアン。驚いたわ。事件を首尾よく解決したの？」

「首尾はよくないし、解決もしていない」わたしは応えた。

当然ながらわたしはすっかり食傷気味だった。いつもなら妻を見ると気持ちが晴れるのに、今回は彼女を前にしても気分は重いままだ。「まったく、バグショーの奴！」わたしは叫んだ。

「彼に振り回されたの？」

わたしは事の次第を話した。妻の反応はわたしの期待したものではなかった。警察の任務がバグショーの情事の終わり待ち、という信じがたい状況で辛いわたしに、同情してくれるかと思いきや、キティーは泰然としてこう言った。「とにかくわたしたちは半日は一緒にいられるわね。

夕方にまた彼に電話してみたら。そうすれば捜査が一日遅れただけになる。たいしたことないわよ、もともと地元の署員が目を光らせているんだから」

「そう言うけれど」わたしは言った。「バグショーが捜査遅延で苦境に立たされるならいいが、秘書との関係だけを咎められるなら、納得がいかないな」

「ああ、それ？」キティーは言った。「却っていいじゃない。彼だって人間だということよ」

「確かに」わたしは同意した。「奴を機械かと思っていたくらいだから。それに――結構女性を見る目がある。ミス・ソーンダーズはスタイル抜群の小柄な美人だ。ぼくが会った時にはやけに緊張していた――彼女と一緒でバグショーはさぞ愉快な時を過ごしただろう」

キティーはわたしに例のごとく微笑みかけ――それが何を意味するのかわからず、いつも困惑する――そして言った。「羨ましいのね、ブライアン？」

「いや、まさか。娘相手は飽き飽きだ。もう大人だからね」

「それでわたしのような三十歳のおばさんで満足というわけ？　そうなの？」

その質問に応えるにはひとつの方法しかない。愛情を行動で示した後、わたしは言った。「キティー、真面目な話、バグショーは仕事と愉しみを混同すべきじゃないよ。それを望むなら警官でいてはだめだ。そりゃぼくたちだって、身も心も、昼も夜も警察に捧げているわけではないよ、電話で呼び出されるとそんな気にもなるけど。でも公私はきっちり分けなくちゃ。バグショーが秘書とお愉しみだとお偉方の耳に入ったら、奴は窮地に立たされる」

「秘書とねんごろになる人などいないと思っているの？」

「そういう人もいるだろうさ。でもたいていは内輪の人間を避けるだろう」

「大人になると皮肉屋になるのね、ブライアン！　それが――だいたいは――正論だとしても、バグショー警視の火遊びがお偉方の耳に入るかしら。あなた以外にかかわっている人もいないし……あなたは空気を読む人だわ」

「そりゃそうさ」わたしは応えた。「噂を広めたりはしない。でもぼくの気分次第で言い広められると知ったら、バグショーにとっても良くないんじゃないかな」

キティーは急に真顔になった。

「彼には却って良いかもしれないわ、ブライアン。でもあなたには形勢が不利。前にも言ったけれど、わたしたちの――あなたとわたしの――将来は、彼とうまくやっていけるかにかかっているのよ。浮くも沈むも彼の見方次第……それは仕事の仕方だけじゃない。何を置いても個人的な好き嫌いがかかわってくる。私生活に首を突っ込まれていると知ったら、バグショーはあなたを放り出すか――とにかく昇進させないままにするでしょうね」

「ぼくが知っているとは、奴は気づかないはずだ」

「でもあなたは知ってるでしょう？　彼が週末を謳歌していたり、ミス・ソーンダーズも彼を憎からず思っていたりするのを。話題にしなければいいという問題ではないわ。彼女は、ベルディーンであなたと会ってザ・ベルボイ・ホテルに行くと伝えた、と話すかもしれない。そうしたら彼女が来た理由にあなたが感づいたとバグショーは疑うわ。いずれにしても、彼は外出中に電話があったとフロント係から伝えられて、『バグショー夫妻』と呼ばれたと気づくのよ」

「ああ。その可能性はあるな」

「可能性があるどころか、きっと気づくわ。バグショーはそれを放っておかない。きっとあなたを問い質す――もちろん大っぴらにはしない。無関係を装って……よほどあなたが巧みにかわさない限り……どこまで知られていてどんな疑念が浮上しているか、必ず答えを引き出すはずよ」

「バグショーがそんな動きに出たら、毅然と立ち向かうさ」

「それはだめ」キティーが言う。「却って何か隠していると彼に教えるようなものよ。知らん顔を決め込むの、ブライアン。バグショーに訊かれても意味がわからないふりをするのよ。ホテルに向かっていた若い女性を車で轢きかけたと話すのはいいけれど、それが誰かは見当もつかないと言わなきゃ。指示を得るために何マイルも車を走らせたのに、彼に会わなかった理由もそれなりに考えておく必要があるわね。『バグショー夫妻』と説明された点については、聞いていないと白を切るのが賢明よ」

わたしは言った。「ああ奴には参るよ！　どうしてぼくがこんな目に遭わなきゃならないんだ」

3

キティーにはもっと言い分があった。秘書との逢瀬についてわたしが何かしら知っているとバグショーが気づいた時点で、いろいろ厄介な話になると思っていた。彼女の用心深さにいい加減腹が立った。わたしは言った。「なんだか気に入らないな。もっとましな方法があるんじゃないか。なぜ男同士の会話をしてはいけないんだ？　夜遊びしている同僚を見かけた時のようにしたっていいじゃないか。その気になっている美人としけこむのは大いに結構。なにぶん奴は警視だから、ぼくだって大っぴらにけしかけはしないが——目くばせくらいはできるぞ？　ぼくはあなたの味方です、ってね。そして言うんだ、『ここだけの話、ペギー・ソーンダーズは非常に魅力的な女性ですから、あなたは運がいいですよ』って。そうすれば奴も警戒心が和らぎ、ぼくを無害と見なして、同じ秘密を共有している仲間だと思うだろう。どう思う、キティー？」

　彼女はぞっとしたようで、実際にこう言った。「あなたはすぐにでも椅子に座って警察へ退職願を書いたほうがよさそうね……その間にわたしも書くわ」

　というわけでキティーの元々の案を採用せざるを得なかったが、それだって簡単ではない。妻が正しいのか自信がない——だが、こんな具合にわたしに盾つく時には、たいてい彼女が正しいのだ——「あなたが目くばせですって、ブライアン！　すっかり大人になったものね！」妻が何度となく言った様子に、わたしはこれ以上、我を通すわけにもいかなかった。

　妻の計画の中で特に難しいのは、金曜の夜にわたしがザ・ベルボイ・ホテルから引き返した理由づけだ。急に吐き気をもよおしたことにしたかったが、キティーは、イーストグリンステッドのギャングの手下を見張っていたことにしよう、と言った。とにかくその点では決着がつかなかった、というのも土曜の午後九時近くになっても議論は続き、バグショーへ電話を入れるために中断しなければならなかったからだ。その後は穏便に進んでいった。

4

電話が繋がるとザ・ベルボイ・ホテルのフロント係が言った。「バグショー夫妻は外出中でまだ戻っていらっしゃいません」だがその後、大きな声を出した。「ああ、お待ちください――いまお戻りになりました。ご夫婦のどちらとお話しなさりたいのです?」

わたしは急いで用向きを伝えた。するとほどなく荒々しいバグショーの声がした。「誰だ?いったい誰だね?」

「アーミテージ警部補です。ご指示を受けたくて――」

「アーミテージだと? ここまで何で電話してきた? もう夜だぞ」

「まだ午後九時前です。朝にもお電話したのですが、外出なさったと伺いました。なのでいま頃ならお話ができると思って」

「連絡先を伝えなかったはずだがな、アーミテージ警部補。緊急事態に備えてフライト警部へは伝えていたが、重要度の低い件で連絡が来るとは思いもしなかった。わたしが休暇中だとわからないのか?」

「十分わかっています。ですがイーストグリンステッドの事件がにわかに緊迫度を増していまして――想定より早く――ぜひ警視のご指示をと……」

バグショーは怒声を発して話を遮ったが、わたしは事件の詳細を説明した。彼は労いの言葉を何ひとつかけてもくれずに、ただこう言った。「それでわたしにどうしろと言うんだ、フライト警部が代わりに――」

「本強制捜査には、バグショー警視のご指示のほうが望ましいと思われたようです」

「ばかばかしい。彼に全権委任すると伝えたんだ」

「はい、警視。フライト警部にもそう伝えておきますので、いまは今後の捜査計画にバグショー警視の了解をいただきたくて――」

「それでフライト警部が了解するなら、わたしは構わない。すべて彼の判断に任せる。だがフライト警部は地元警察と連携してすぐに指揮を執るべきだった。彼にそう伝えてくれ、アーミテージ警部補。そして彼からの細かい報告を待っている。だが月曜になってからだ、いいな？　この休暇を再び邪魔したら、どうなるか覚えておきたまえ」

「了解しました。決して警視に不愉快な思いは――」

耳元で電話の切れる音がした。

5

土曜の夜になりようやく強制捜査の指示が下りた。だがすでに午後九時を過ぎており、イーストグリンステッドの管轄の署に電話をかけた時には、スミザーズ警視は待ちくたびれてブリッジに出かけた後だった。彼の連絡先に電話を入れると、こっぴどく叱られた。

「きみにはあまり感心しないね、警部補。ロンドン警視庁は安易すぎやしないかね？」

「ご期待に沿えず残念です」わたしは言った。「ですがやっと指示がありました——今夜にも強制捜査を行う予定です。フライト警部が数分以内に来てくれるなら」

「そう来るか？　警視庁の奴らは二十四時間働かせやがる……いまは大急ぎで取りかかれというわけか！　いきなり部下を集めろと？　今夜は招集はないと伝えたばかりだ。いまさら呼びつけたくない。ギャングの潜伏先は監視し続けているが、強制捜査は明日の夜まで待ちたい。気に入らなくても我慢してくれ、——きみの上司にも我慢してもらいたい」

そういう話なら、一向に構わない。今夜すぐに捜査となったら、イーストグリンステッドへ急行するフライト警部に会い、何とか説き伏せるところだった。だからわたしは言った。「それでしたら結構です。こちらはしっかり準備をしておきましょう。そうすれば、そちらも防護手段が十分にできるでしょうから——」

「もちろんだとも。実際、ロンドン警視庁と比べてもサセックス警察は有能だからね」

6

そこでそそくさとキティーの待つフラットに戻った。翌日の昼までわたしはのんびり構えていた。フライト警部は日曜の午前にはたいてい教会へ行くことを知っていたので、昼食の時間になってから彼の家へ電話をした。警部は強制捜査にひどく乗り気のようだ。というのも最終的な責任を負うのは彼ではなく、かつ警視庁の捜査隊の援護を得られる形になったからだ。スミザーズ警視が警官やその他のメンバーにも動員をかけている、とわたしは報告した。バグショーへ報告するためだけにフライト警部は現場へ来ればよいのだが、それは彼のお気に召さなかった。傍から見たら警部に権限があるように見せたがったのだ。それに気づいて、ブラスバンドを同行させましょうかと申し出たが、彼にはしゃれが通じなかったようだ。

管轄外の強制捜査への出動は、警視庁では人気がない。——「所轄の人員で捜査をして、警視庁の職員は眠れるようにできないのか？」——そういったわけで、出動する意欲のある者を五、六人ほど集めようとしたが、何人もの警官から断られた。巡査部長クラスが必要で、あくまでも自主性に任せたかった。だが、指示せざるを得なくなるのも時間の問題なので食堂へ適任の男を探しにいった。

そしてサム・バーケットを思い出した。仲間と言えるほど親しくはないが、とにかくここ数年は仕事を共にしている……そしてしばしば言い争うこともある、というのもわたしと比べて、彼が昇進で後れを取っているからだ。彼の心の内には少なからず嫉妬がある。人生が思惑を外れたことを苦々しく思っているのが顔に出ていて、誰かに目をかけてもらって出世しない限り、その辛気臭い表情は消えそうにない。

もちろん、苦虫を噛み潰したような顔は——当然ながら——本人だけのせいではない。気の毒にも彼の嫁さんも大いに気難しい性分らしく、夫の給料では毛皮のコートや高級品を買う余裕がない、とこぼしているそうだ。

「やあ、サム」わたしは声をかけた。「休暇中かと思ったよ」

「そうだったけれど、切り上げたんだ」

「それは残念だ。何かまずいことでもあったのか？」

「ひどい話さ」彼は応えた。「予想もつかなかった」

むろんわたしには彼の意味することがわかった。妻の小言の応酬に対抗して休暇を切り上げたのだ……家に帰らないのは、妻エルシーが戻ってきて彼をなじるからだ。サムが常日頃から人が敬遠する仕事を引き受けるのは、それによって家から離れることができ、数時間の平安がもたらされるからだ。

わたしは悲惨な身の上話を聞きたくはなかったが、親身になろうと努めて、彼の惨めさに同情もしていないし気の毒にも思っていないことを、表に出さないようにした……たいていの人がそうであるように、同情されるのは嫌なはずだ。そこで、何も気づいていないかのようにわたしは言った。「どの地方に行っていたんだい？」

「ギルフォードに友人がいるんだ、街は好きじゃなくてね。都会を出て田舎に行くと気分がいいんだ。あっちでは楽しく過ごしたよ。出かけた先がひどかったわけじゃないんだ。妻といると、どこにいても悲惨な目に遭ってしまうんだよ」

「お気の毒に」わたしは言った。「じゃあ残りの有休は後々のために取っておくんだね。ところで、今夜は勤務できるかい？　イーストグリンステッドで強制捜査があるんだ、フライト警部担当の捜査で、使えるメンバーを集めているんだよ。きみの都合が良ければ、警部に好印象を与えるいい機会になるんじゃないかな……きっと」

「そんなこと思ってもいないくせに」彼が言い返す。「まあ、いいさ。大勢の犯罪者の一斉検挙は、夜の過ごし方として素晴らしく平和だ。息抜きがてらに引き受けるよ」

実際のところ、サム・バーケットがその日の夜を楽しむとは思えなかった。彼の辞書に楽しむという文字がないからだ。わたしの知る限りフライト警部も楽しまない、というのも彼は責任を取らねばならない事態が発生するのを恐れているからだ。スミザーズ警視も忙しすぎて楽しむどころではない、責任を取る立場になってからずっとそうだ。彼の部下たちはたいてい、自宅のベッドで寝ていられるに越したことはないという連中だ。ちょうどわたしが警視庁内で募った者たちのように。それに犯罪者だって検挙されたり手錠をかけられるのを楽しんだりはしない。

つまり、楽しむという点では、わたしだけがその恩恵に与るわけだ。そうに決まっている。わたしは手回しが功を奏した充実感を得て、スミザーズ警視の指揮の手際のよさを称賛した——そして楽観的ではあるが、ベルディーンで休暇を楽しんだバグショーも必ず、成果に満足してくれるはずだと思っていた。そうすれば、わたしがベルディーンに行った理由について訊いたりしないに違いない。

第三章　秘書の失踪

1

月曜の朝に会ったバグショーは、予想に反して上機嫌ではなかった。むしろ、運命が人に負わせる苦悩に直面しているかのような形相をしていた。イーストグリンステッドの強制捜査に興味すら抱かない。

「ああ、なるほど」捜査が成功したとわたしが興奮気味に報告し始めると、バグショーは気忙しく言った。「報告は無用だ、アーミテージ警部補。ミスター・フライトから聞いているし、報告書も彼が書いている。実はデスクワークが山積みなんだ――そちらに取り掛からせてもらえるとありがたいが」

例の目くばせすら彼はしようとしない！

だがわたしが出口へ向かうと彼は言った。「ちょっと待ちたまえ、アーミテージ警部補。きみの細君は署内にいるんだったな？　彼女は目下、緊急任務に就いていないはずだ。探してここに来させてくれないか。一時的に秘書になってもらいたいんだ」

キティーはきっと嫌がるだろう――彼女は刑事で、速記タイピストではないのだから。バグショーだって百も承知のはずだ――さもなければわたしを介したりせず、署内放送で彼女を呼び出しただろう。

「妻にミス・ソーンダーズの手伝いをさせるのですか?」その計画に暗に反対する口調でわたしは言った。

「うちの秘書は不在だ」バグショーが応える。「今日、出勤していない」

「本当ですか?」わたしは驚きを隠せなかった。

それが彼をいらだたせた。「アーミテージ警部補、命令に対してわたしの言動を質すように『本当ですか?』と胡散臭そうに尋ねる必要はないぞ」

「いや、めっそうもない。わたしはただ――その、ミス・ソーンダーズが病気かと思って」

「おそらくそうだろう。だが実のところわからない。彼女は週末休暇を取り、今朝は出てくるはずだった。だが出勤せず、何の連絡もない。下宿先に電話をしたら、昨夜になっても戻らなかったそうだ。つまり現時点では居場所を把握できていない」

「今朝までに戻ってくるつもりが、何らかの理由で足止めを食らっているかもしれません」

「ああそうだな、警部補。それは大いにあり得る」

「つまり、そのうちに出勤するのではないでしょうか」

「まさしく。だがわたしの仕事は秘書の帰りを待っていられない」

「もちろんですとも」

とにもかくにも、わたしはキティーを呼ばずに済ませようとした。だがひどく戸惑ってもいた。男が週末を恋人と過ごしたら、彼女を家まで送るはずだ。彼の話を総合すると、相手を「都合のよい浮気相手だ」と言っているに等しい。おそらくそうは言わずに、昨日の夜は彼女を下宿先に送り届け、部屋に入らないまでも道路か玄関の上り段でキスを交わしただろうに？

だがミス・ソーンダーズが昨夜、下宿先に戻らなかったのなら、送り届けていないことになる――そもそも、今朝彼女が出勤しなかったのをバグショーは驚いていたではないか。

わたしは言った。「でも不思議ですね――ミス・ソーンダーズが出勤しないのは。今朝までロンドンに戻っていないなら、列車が遅れて足止めを食っているのかもしれません。鉄道局に電話で問い合わせてみましょうか？」

バグショーはわたしを見つめた。「どの路線をだね、警部補？　彼女がどこで休暇を過ごしたか、きみは知らんだろう？」

キティーが言っていたように、わたしは厄介事に巻き込まれかけている！　正直に応えれば、彼女が週末を**どこで**過ごしたかだけでなく**どう**過ごしたかも知っていると露呈してしまう。ここは、はぐらかすしかない。

どちらかというと、仕事で必然性がある時以外は嘘をつくのは得意ではないし、上司には誠実であるようといつも肝に銘じている。だが、こんな時には嘘も方便だ。バグショーの質問には応えずに、わたしは言った。「秘書仲間に彼女の旅行先を訊いてみますよ。話題に出たでしょうから」

「それは考えにくい」バグショーが言う。「わざわざ話すだろうか？　週末に旅行をするのは職場を忘れて骨休めするためだろう、連絡を絶って頭を空っぽにするんだ。下級警官が羨ましいよ――実に――休暇中の連絡先を誰にも伝えなくていいんだから。アーミテージ警部補、それこそが出世しないメリットのひとつだ」

つまりバグショー警視も事実を隠し通すつもりだ。もっとも、彼を責めるつもりはない。警視とうら若き秘書の逢瀬がお偉方にどう思われるかは別として、警視は食堂での噂の種になるのを避けたいのだ。

だが、彼がペギー・ソーンダーズを下宿先まで送り届けなかったのは、どうも腑に落ちない。

2

わたしは妻キティーをなんとか説得して、秘書業務を引き受けさせた。その日の夜、共に帰宅した際、ミス・ソーンダーズから連絡がなく、結局丸一日働いたと聞かされて驚いた。より正確に言うと、非常に興味を抱いた。

「ぼくに言わせれば、ミス・ソーンダーズが警視庁に出勤せず……そしてバグショーが彼女を下宿まで送らなかった理由として考えられるのは、ひとつだけ。喧嘩だ」

「あら、そうとは思えないわ」キティーが言い返す。「その手のいさかいは土曜の夜にあったはずよ。それでまた仲直りしたカップルが帰りがけにわざわざ話を蒸し返したりするかしら」

「どうかな」わたしは言った。「バグショーと彼女は土曜の夜を一緒に過ごした――それは明らかだ――そして翌日はずっと一緒に外出していた。そこで気づいたんじゃないか……ベッドの中で過ごすほど、ベッドの外ではしっくりいかないことに。その可能性は十分にある。二十歳近く歳が離れているのを別にしても、バグショーは常日頃から居丈高だし……」

「それはもっともね、ブライアン。そうすると、ミス・ソーンダーズはロンドン警視庁流に振舞ったんだわ。命じられたことに対して『了解しました』、『できかねます』と対応した――彼女は口説かれている間は女神のように崇められ――その後は手のひらを返されたのよ、たぶん外出中に。バグショーは相手が秘書だと思い出して傲慢になった。それで彼女は深く傷ついて、これ以上『了解しました』、『できかねます』の関係には戻れないと悟った」

「その通りだ」わたしは言った。「それは決定的かな、それとも彼女は明日には思い直すだろうか？」

3

翌朝もペギー・ソーンダーズから音沙汰はなく、キティーが秘書として駆り出された。バグショー警視はまったく動じていなかったが、まずいことをしたとは思わないまでも、何かおかしいとは気づいたはずだ。その頃にはフライト警部から報告書が届き、その補足説明でわたしはバグショーに呼ばれた。キティーも居合わせたので、警視がどう思っているか確認するいい機会となった。彼は報告書に関する質問をわたしに投げかけている間に、一度だけ急に話題を変えた。「ミス・ソーンダーズはいったいどうしたんだ。彼女がこんなにいい加減だとは思わなかった」そして別のタイミングではキティーに問いかけた。「ミス・ソーンダーズと面識があるか？　わたしの元で満足しているようだったのに——その、業務面でだが。そんな女性が急に職務放棄するなど考えられるか？」

キティーは——わたしよりずっと嘘がうまい——言った。「見当がつきません。警視と最後に会った時、彼女はそんな素振りは見せませんでしたか？」

「気づかなかったな。最後に会った時には友好的だった——いま思い出したが——また月曜にお会いしましょう、と言っていた」

「すると金曜日の退勤後に、彼女に何かあったとお考えですか？」

彼女の問いに応える代わりに、バグショーは再びわたしのほうを向いた。「アーミテージ警部補、公開調査とまではいかないが、彼女に『探り』を入れて、情報があるか調べてくれないか？きみの細君にずっと秘書役を務めてもらうわけにもいかないし——秘書なしでは仕事にならない。それに……ミス・ソーンダーズはわたしの元で働いて一年になる。バタシーで着任して次がここだから、やや気がかりでね——つまり、彼女に何があったか放っておくのは不本意なんだ」

4

わたしはミス・ソーンダーズの下宿先の住所のメモを預かり、昼食の後に行くつもりだった。その頃には彼女が帰宅しているかもしれず……厄介な面会になるのを予想した。かなり臨機応変に行う必要がある。彼女はバグショーとの逢瀬をわたしに話したがらないはずだ――だが週末を警視と過ごしている――、その場合、わたしはバグショーにどう報告したらよいのだろう？

しかし結局彼女の住まいへは行かなかった、というのも、チェビオット・バーマン警視正の執務室で行われる会議に呼ばれたからだ。

出向くとバグショー警視がすでにいたので、新たな事件を引き受けるのだと思った。

「ああ、来たか、ブライアン」バーマンは言った。「きみたちを呼んだのは他でもない、実に厄介な殺人事件だ。現時点では、二件の別個の――被害者の身元確認と殺人犯の発見という――調査が求められる。そこで同時に二か所に出動することになる。だからアーミテージ警部補をここへ呼んだんだよ、バグショー警視。きみから経緯を説明する手間が省けるだろうと思って。きみが殺人の被疑者検挙に注力している間、警部補に被害者の身元確認に当たってもらうのに異論はあるまい」

「ぜひお願いします。身元確認の訊き込みはどの地域で？」

「それが何とも言えん。それは――殺人犯のみぞ知るところだ。いまのところ、被害者の若い女性の身元を探る手がかりはひとつしかない。服にランドリーマーク（クリーニング屋の目印。客の服の目立たない所に耐水性インクで書いてある）はなく、上着は量販店で販売されたものだった。ハンドバッグは持っていなかった……持っていたとしても、まだ見つかっていない。だがストッキングの上にハンカチを挟んでいた。これが実物だ。隅に刺繍がしてある」

わたしは言った。「妙な柄ですね――どう見ても手錠に見える」

バーマンが言う。「そう、地元警察も同意見だった。この女性用ハンカチは特定の職員向けに作られたもので、この柄は警察署の食堂で販売されていたと断言した。その点から、被害者は婦人警察官に違いないとの推理だ」

「それには納得がいきません」わたしは言った。「その柄のハンカチが警察署の食堂でしか販売されていなかったとして、婦人警官だけに売っていたとは限りません。誰だって買えたはずです――警察内部の者なら。つまり――彼女へのプレゼントだったかもしれません」

「残念だが、その可能性もある」バーマンは認めた。「行方不明の婦人警官を探すより、警察内の男性と付き合っていた若い女性で失踪している人物を探す必要がある。男性の所属はロンドン警視庁かもしれないし、地方かもしれない」

バグショーが口を挟んだ。「それではあまりに広範囲です、バーマン警視正。他に手がかりはありませんか？」

バーマンはメモに目を落とした。「まがい物の結婚指輪をしていた」

彼はしばしば世間の常識に疎いので、わたしは言った。「普段はカーテンリングとして重宝しそうな代物ですか？　何やら訳ありな週末の匂いがしますね？」

「その可能性もあるが、未確認だ」バーマンが応える。

バグショーが言った。「その女性の名前は判明しているんですか？」

「ハンカチのふちに名前が書いてあった。『Ｐ・ソーンダーズ』だ」

バーマンに注意を向けていたわたしだったが、その瞬間バグショーに向き直って彼を見つめた。

「『Ｐ・ソーンダーズ』ですか？」わたしは繰り返した。「Ｐはペギーではないですか。そしてペギー・ソーンダーズは行方不明ですよね？」

「その名の女性を知っているのかね？」バーマンが問い質す。

わたしが応える前にバグショーが叫んだ。「ペギー・ソーンダーズだって？　まさか？　わたしの秘書だ！」

第四章　身元確認

1

「まさか！」しばらくしてバグショーは再び言った。「まったく信じられない」

「現時点では信じる必要はない」バーマン警視正が言った。「『ペギー』も『ソーンダーズ』もありふれた名前だし、被害女性が警察内部の者だと決めつけるのは早計だと、いまさっき話したばかりだ。被害に遭ったのは『ペギー（マーガレットの愛称）』ではなく『パトリシア・ソーンダーズ』かもしれない。とはいえ、ペギーの可能性はある。きみにはすぐさまベルディーンへ飛んでもらって被害者の身元を確認してほしい」

　バグショーが繰り返した。「ベルディーンですか？」

「ブライトンにほど近い小さな村だ。被害者の遺体は、村の中心から東へ一マイルほどの所にある崖の麓で発見された。崖の上の地面はひどく乾燥していて足跡を確認できないが、踏みつけられたような跡がたくさんあった――揉み合いになった後で突き落とされたと想定される。だとしても、それらの跡が抵抗した証拠などではなく、自ら飛び降りた時の足跡だという可能性もある。だが地元警察は、崖の上の跡を差し引いても本件を殺人と見なしているはずだ」

「もし自殺なら」バグショー警視がきっぱりと言った。「被害女性はわたしの秘書のペギー・ソーンダーズではありません。そんなことをするはずがない。彼女は——その——とびきり明るい実に陽気な女性で、とても情緒が安定していました」

「さっきブライアン——アーミテージ警部補——は『行方不明』の女性について言ったんだ。きみの秘書は失踪しているのかね、バグショー警視？」

「彼女は昨日も今日も出勤しておらず、病欠届も出ていません。でも到底信じられない——」

2

勤続十年で場数《ばかず》を踏んでいるわたしのような警官であっても、殺人事件は厄介で、私情を挟まず、あくまでも客観的に対応してようやく耐えていられる。警官が殺人事件の被害者を無情に「死体」と言うのも、血のついたナイフを「証拠物件Ａ」と呼んで緊張を和らげるのも、それが理由だ。

その被害者と面識があるとなると、話はまったく変わってくる。

この死亡した女性が……手錠の模様で「Ｐ・ソーンダーズ」と名前の入ったハンカチを持っていた人物が……金曜の夕方にわたしとベルディーンで言葉を交わした相手であるのはどうやら間

違いない。潑溂としていたあの女性は言った。「今夜はとても大切なことがあるんです」

何と恐ろしいことだ。わたしはあまりの衝撃に冷静ではいられなくなり、生死の重さから目を背けられなくなった。

と同時に、バグショー警視の件と彼の今後の行動が頭に浮かんだ。どう見ても、彼は秘書と週末を過ごした事実を告白しなければならなくなる……と、そのバグショーの声で思考は遮られた。彼が言う。「ペギー・ソーンダーズは週末休暇を取って、昨日の朝には戻ってくるはずでした。でも出勤しなかった。彼女の下宿先を調べさせましたが、そこにも戻っていないそうです。今朝になっても姿を見せず、手紙も電話の伝言もありませんので、何があったか見当もつきません。アーミテージ警部補は『行方不明』と言っていましたが、わたしはその言葉をまだ使うつもりはありません。ですが、現時点で彼女が無断欠勤をしているのは確かです」

「なるほど」バーマン警視正は言った。「どうも不吉だな。被害女性がきみの秘書である可能性が増す。バグショー警視、秘書の下宿先に問い合わせた他には、居所に見当はつかないのか？週末をどこで過ごしているか知らないのかね？」

「はい、バーマン警視正。行く先に心当たりはありません」バグショーは応えた。

3

その答えに、わたしはひどく衝撃を受けた。楽しかった週末やその後を――もしくは逢瀬が不首尾に終わり彼女が出ていってしまったかもしれないが――バグショーが秘密のままにしたいと思うのは自然なことのはずだった。だがいまとなっては状況がすっかり変わってしまっている……若い女性が死亡し、ロンドン警視庁は殺人と見なしているのだ。さらにバグショー自身が捜査の指揮を執っている。そう長く隠してはいられないと、ほどなく彼は気づくはずだ。

それでも見たところバグショーにその気配はない。彼は秘密を死守するだけでなく、嘘の上塗りをしている。

4

もちろん、バグショー警視はそうやってやり過ごすかもしれない。警察官として不誠実で、表向きでも内部でも違反となる。だが誰も……とにかくいまは……まさか警視が秘書の死にかかわっていると疑う者などいない。バーマンはすんなりバグショーの話を信じた。疑う者など誰ひとりいないだろう……わたし以外は誰も。わたしには何ができる？

何をすべきなのだ？

こう言うとする。「バグショー警視、あなたはペギー・ソーンダーズが週末をどこで過ごしたか知っているはずです――一緒にベルディーンにいたのですから。わたしは現地で彼女を見ました。彼女がザ・ベルボイ・ホテルに泊まると言い、ホテルに入るのも見ました。しばらくしてからフロントに訊くと、あなたと彼女……『バグショー夫妻』は……出かけたと言っていました」

そう指摘したとしても……きっとバグショーは否定するだろう。ひどく憤慨してわたしを訴えるかもしれない。それにわたしには確固たる証拠がない。もちろん、ホテルのフロント係や使用人に訊き込みをすれば裏を取るのは可能だ。ああ、そうだ、ホテルに行って探せば、いくつもの確固たる証拠が手に入る。だが、誰がゴーサインを出してくれるのか？　バグショーが否定するのを見て、バーマンはわたしの見込み違いだと言い放つはずだ――そして警視に盾ついて告発するわたしに、警部補の分際で、とあきれるだろう。バグショーが立ち去った後にバーマンがこう言うのが聞こえるようだ。「ブライアン、どうかしているぞ！　バグショー警視がわたしに嘘をついている、ときみは訴えていたことになるんだぞ？」

そしてバグショー自身は何と言うだろう？　その後わたしは、どの面《つら》を下げて彼の下で働けるというのか？　キティーは彼の下で働けるだろうか？　妻がついこの前に言っていたように、椅子に座って警察へ退職願を書いたほうが良いのかもしれない。

だからわたしは口を閉ざし、バグショーが言い逃れするままにした。他にどうしようもなかった。

5

バーマン警視正がこう言うのが聞こえた。「この『ベルディーン』というのは、きみが週末を過ごした先じゃないかね、バグショー警視？　休暇届に確かこの地名が書いてあった」

「その通りです、バーマン警視正」実に冷静に彼は応えた。「かつて西地区の警部補だった旧友がホテルを営んでおりまして。実に寛げる場所だからと請け合ってくれました。経営も順調だそうなので、試しに行ってみたんです」

「ホテルがうまくいっているのは、アーミテージ警部補がいうところの『訳ありな週末』を過ごすカップルのおかげでもあるのかね？」

「支配人自身は把握できないはずです」わたしは言った。「カップルが誰それ『夫妻』として予約し、女性が――今回の被害者のように――結婚指輪らしきものをつけていたら、支配人だって宿泊を断るわけにはいかないでしょう」

「だろうな。話を続けてくれ、バグショー警視。きみはベルディーン滞在中にミス・ソーンダーズをまったく見かけなかったのだね？」

「ええ、まったく。もっとも、秘書は見ませんでしたが、ソーンダーズという名の女性とは、そうだと知らずに居合わせていたかもしれません」

「あり得るな。まずわれわれが明らかにすべき点はそこだ。さっそくブライトンの死体安置所に行ってくれないか。アーミテージ警部補も同行させて、被害女性の身元が判明したら、ベルディーンの事件のさらなる捜査を警部補に任せればいい。きみはとんぼ返りして女性が警察関係者かどうか、住まいはどこかなどを突き止めてくれ」

「了解しました、バーマン警視正。ただちに取り掛かります」

「巡査部長も同行させるといい。警部補も戻ってくる必要が出てくるかもしれない」

バーマンは引き出しから職員一覧を取り出し、目を走らせた。「バーケットはどうかね？　まともな男だし最近大きな事件にかかわっていない。今回のような事件は彼の実力を示す良い機会だ」

「お望み通りに、バーマン警視正」バグショーが応えた。「わたしがここへ着任してから特に目をかけてはいませんでしたが、他の巡査部長並みには動くでしょうから」

6

バグショーはブライトンへ行くのに自ら警察車両のハンドルを握った。だんまりを決め込む理由が欲しいのだろうと思った……週末やペギー・ソーンダーズの件で彼が真実を打ち明ける気になるのをわたしは期待した。

バーケットと後部座席に座った。バーケットも――相変わらず、むっつりした男だ――だんまりを通したがっているように思えた。ギルフォードで妻からなじられた件で悩んでいるなら、一緒にいて愉快な人物にはなり得まい。他の状況なら――殺人事件の取り調べが控えてはいるが――近寄りがたい上司と、同じくよそよそしい部下と共にいるのは先が思いやられるところだ。だがこの状況ではわたしも考えることが山ほどあり、会話を交わすより黙っているほうがありがたかった。

バーマンに虚偽の報告をしたとバグショーが打ち明けてくれるとは到底思えない。調べることが多すぎる。万が一彼が正直になったところで、わたしを信用すまい。食堂にいる噂好きにわたしは話してしまうかもしれない。「アーミテージから聞いたが、バグショーおやじ（皆そう呼んでいる）と彼の秘書の話を知っているかい？」

そしてわたしはさらに口を滑らせる可能性がある。「信じられるか？　あのバグショーおやじ、今朝バーマン警視正に真っ赤な嘘を言ってたんだ！」

だがわたしが気になっていたのはそんなことではない。こっちも厄介な問題を抱えていた。捜査にかかわる刑事が事実を隠蔽しており――直属の部下がそれを把握していながら言及できない場合、どのように取り調べをしていったらいいのだ！

7

わたしたちはまずブライトン警察署に行った。肩書の上から順に中に入り、ブライトン刑事部のカーステアズ警視正へ用向きを話した。警視正はわたしたちひとりずつと握手をして表向きは誠意を示し……その後は下っ端のバーケットとわたしを無視して、バグショー警視だけに対応した。

「面倒をおかけするつもりはありません」警視正は言った。「ですが、被害女性が警察職員となりますと話は別です。それが事実なら、全国的な事件になりますから、われわれがしゃしゃり出るより、お任せしたほうが」

「ハンカチの件で捜査がはかどるか疑問です。他にも手がかりがないことには」バグショー警視が言う。

「そうでしょうとも。ハンカチ自体は手がかりのひとつに過ぎません。被害女性が店員やタイピストである可能性を排除できないことには。でも警察職員だとして捜査するなら……ハンカチをストッキングの端に挟んでいたのは興味深い点です。たいていの若い女性と異なり、被害女性はハンドバッグを持つ習慣がないようです。なぜでしょう？　女性は手ぶらを――とっさの行動に備えて両手を空けておくのを――好んだという仮定はできませんか？　強制捜査で不測の事態に備える時には、ハンカチをストッキングの端に挟んでいる、とうちの婦警たちも言っています」

「女性は崖の上を歩いていたんですよね？　それに勤務中でもなかった。何者かに襲われるのを被害者が知っていたとおっしゃるのですか？」

「それは考えにくいですね」カーステアズは応えた。「女性が勤務中ではなく、男性問題で困っていたら――私生活で――暗くなってから崖に行くなんて愚の骨頂です。それにいかなる場合でも、崖に行くなんてばかげています。崖はところどころ柵がなく、暗ければ足を踏み外しかねない。おそらく女性はそれを知らなかった。被害者の行動から察するに、彼女が警官であろうとなかろうと、その地にはなじみがなく、崖の危険性を把握していなかったと思われます。おおかたロンドンかどこかの大都市から来たのでしょう」

「身元確認にはアーミテージ警部補に当たってもらいます」バグショー警視は言った。「そしてわたし自身はこの事件の指揮を執りません。ですが、どうしても被害女性を確認する必要があります……知人かもしれないので」

「その可能性が？」

「ないと信じたいのですが。ロンドン警視庁で無断欠勤している女性職員がおりまして――実はわたしの秘書ですが――何よりもまず、彼女かどうか明確にする必要があります。どうか内密に、万が一にも……あり得ませんから」

「なぜ？」カーステアズが尋ねた。「若い女性は往々にして殺人事件の被害者になります」

「それはそうでしょうが、秘書――ペギー・ソーンダーズが殺されるとは考えにくい。そういうタイプの女性ではないので……」一瞬バグショーは言葉に詰まった。「襲撃事件に巻き込まれたというのでもない限り」

「鑑識によると、被害者は外傷はありませんが性交渉の跡がありました。秘書の名前はペギー・ソーンダーズだと言いましたね？　被害女性のハンカチには名前が書いてあって――」

「知っています。だからこそ来たのです。そういうわけで、すぐにでも死体安置所へ行って確認する必要があります。秘書だとわかれば納得せざるを得ませんが、それまでは想像すらできない」

カーステアズ警視正が言った。「わかりかねますね、なぜ想像すらできないと？」

バグショーはしばらく応えなかった。「わかってもらえないでしょうが――そう思えるのです」やっとそう言った。「彼女は犯罪に巻き込まれて崖から落ちるような女性ではありません。悪い連中とはかかわらないようにしていたはずです。でも犯罪に巻き込まれていないとしても――」

彼は再び言葉に詰まった。「崖から落ちたのなら、ひどく体を打ちつけたかもしれません。被害女性が、という意味ですが。その場合、顔が判別できない可能性がある」

「確かにひどい状況ですが、被害者をよく知る人なら確認できるレベルです。それでも秘書に信頼をおいていたのでしょうから、被害者が別人であったらと望まれるのは理解できますよ、警視。それでは結果を確認しに行きましょうか？」

8

わたしたちは死体安置所まで車を走らせ、バグショー警視がひとりで中に入った。そもそも死体安置所に来るのは苦手だが、この時ほど居心地の悪いことはなかった。はるばるロンドンからこのような静かな場所に来るとは。バーケットに機敏な行動は期待していないが、少なくとも彼の苦虫を嚙み潰したような顔はどうにかしてほしかった。

「どうだろう？」わたしは話しかけた。「ペギーかな？」

「おれに訊くなよ」彼は言った。「何も知らないんだ。ロンドンを出発するまでどんな事件かすらわからなかった。若い女性が崖から落ちたんだな？」

「そうだ。ベルディーンという場所で。行ったことあるかい、サム？」

「聞いたことのない地名だ」彼は言った。「海沿いかい？」

「そりゃそうさ。じゃなきゃ崖なんかあるはずがない」

「だろうな、もっとも採石場なら話は別だけど。そういえばブライアン、その地名を聞いたことがあったよ。食堂の掲示板にブッカーかルッカーという元刑事がホテルを開いたという宣伝ポスターが貼ってあった。確かベルディーン・ホテルという名だった。そこかな？」

「正確には、ベルディーンにあるザ・ベルボイ・ホテルだ。バグショーの話では、彼の元の部署にいた警部補が引退して経営しているとのことだ」

「被害女性が泊まっていたのもそのホテルか？」

わたしはサム・バーケットに秘密を打ち明ける準備がまだできていなかった。

「それはわからないよ」わたしは応えた。「ぼくたちにはまだ。女性が誰かわからないと。身元確認をしないことには始まらない」

その時バグショー警視が死体安置所から戻ってきた。いつもは人を欺く目くばせは別としてポーカーフェイスだが、いまは目くばせはなく、その表情には苦悩や恐怖、痛みが見受けられ……衝撃も見て取れた。

警視は車の横で一瞬ためらってから、車の外を回って助手席に座った。「運転を代わってくれ、アーミテージ警部補」彼は言った。「署に戻るぞ」

9

わたしは後部座席から運転席に移って言った。「どうやらペギー・ソーンダーズでしたか？」

バグショーは鋭くわたしを見た。「きみが『どうやら』という理由がわからんな、警部補。だが――確かにそうだった。顔面をひどく打ちつけているが、それでもペギーを見間違うはずがない」

彼はしばらく口を閉じた。そして言った。「惨い。あまりにも惨すぎる。彼女は――まだあどけなさが残っていた。とにかく二十歳過ぎに見えなかった。それに若い女性たちの中でも活発なほうだった……いままでの秘書は一緒に仕事をしていると毎日が憂鬱な月曜の朝のように思えたものだった。それは、彼女たちが仕事やわたし、何もかもを毛嫌いしていたからだ。だがペギーはいつも感じのよい笑みを浮かべていた。職場に来てわたしと朗らかに接し、出来事が何であれ興味を抱いていた。素晴らしい女性だった。それがいま……」

わたしは言った。「彼女は職場以外でもそうだったと――その、楽しそうだったと――わたしは思います。警視もそう思っていたのですね？」

彼は再びわたしを見つめた。

「わかるはずないだろう？　職場でしかペギーとは会ったことがないんだから。だが、元々の性格によるものだろう。彼女は若く――美しく――そして陽気で、前途洋々としていた。なのに逝ってしまった――地面に強く打ちつけられて」

第五章　崖上にて

1

バグショーの様子からすると虚勢を張り通すつもりなのは明らかだ。

その場合には、この事件を捜査するのは不可能だ。どうしたらよいのだ？

取り組む前から困った立場に追い込まれていると、バグショーに示せばよいのだろうか？　わたしの内心をさらしたり、彼と対決したりすることなく、彼が本当のことを言うのが唯一の道だと納得させられるだろうか？

わたしは何とかして彼が口を滑らすようにし向けようと決めた。そして、驚愕の事実を打ち明けるかどうか辛抱強く待つのだ。容疑者がつまらない嘘をついているとわかったら、派手な嘘になるよう促し、馬脚を露すよう仕向けるというのが警察のならわしだ。

その作戦は、バグショーとふたりきりの時にしかうまくいかないと判断した。サム・バーケットが一緒だとバグショーはさらに用心深くなる。そこで、わたしたちが警察署へ戻り、被害女性の遺体発見現場を担当している犯罪捜査部のメイツ警部補に会った時、のちのちの捜査に警察車両が必要だとわたしは主張した。警部補もブライトンへ歩きで戻りたくはない様子で、わたしたちとは別の車で行くことになった。

「バーケット巡査部長も同行させてはどうですか」わたしは提案した。「そして現地の地理を教えてやってください。そうすれば警視が立ち去った時に、彼に案内役を務めてもらえます」

幸いにもメイツ警部補はその計画に乗ってくれてバグショーも反対しなかったので、わたしたちは二台の車で出発した。

2

「どんな作戦でいきましょう?」わたしは尋ねた。「警視が身元確認をしてくださったので、いまのところ、わたしはロンドンへ戻る必要がありません。まずは、ペギーがこの地区で何をしようとしていたか、そしてなぜベルディーンに来たのかを調べましょうか?」

「そうだな」バグショー警視は応えた。「彼女は休みをとっていたから、休暇をここで過ごしていたと考えるのが妥当だろう」

「ここで、このベルディーンでとおっしゃるんですか? そう決めつけてよいでしょうか? 彼女はブライトンにいて、ここへ足を延ばしたかもしれませんよ? それとも彼女が村に滞在していたとわかっているのでしょうか?」

「現段階では、何もわかっていない」彼は言い返した。「何も。もっとも肝心なのはだな、アーミテージ警部補、仮説を立てないということだ」

「よくわかっています。ですが、仮説を立てたほうが何事も明確に進みますし、簡単なはずです。彼女がベルディーンで休暇を過ごしていたら、狭い地域ですから誰かに目撃されたに違いありません」

「そうだとも。アーミテージ警部補、できれば理の当然の事柄は言及を避けてくれないか」

「思わず独り言を言ってしまいました。わたしが申し上げたことは、もちろん警視には理の当然でしょうが、わたしにはようやく出た結論なものですから。では、気を取り直していただいて。まずは、ベルディーンにあるいずれかのホテルにペギーが宿泊していたか確認すればよろしいですか？」

バグショーが即答しなかったので、わたしは少し促した。「そういうご指示ですね？」

「そうは言っていない。考えあぐねているんだ。いまは衝撃が強すぎて頭が回らない。この事件から外してもらったほうがよいのかどうか判断できない。わたしが指揮すべきかわからないんだ」

「それは警視がすでにいろいろご存じだからですか？」わたしはほのめかした。

彼は振り向いてわたしを注視した。「すでに言ったと思うが、警部補、わたしは何も、まったく何も知らないんだ、きみと同様に。当たり前じゃないか。どうしてわかるというんだ？　だがきみも知っているだろうが被疑者や被害者が知人の場合、警官は捜査班に加わるべきではなく

——まして指揮をすべきではない、という慣行がある。客観的な立場に立てないからだ。この事件では先入観なしに指揮できるか自信がない」

「ペギーを知っていて、好感を抱いていたからですか?」

「もちろんだ。それに、精神的ショックを受けているせいもある。客観的になれない状態で捜査に当たるべきではない」

「それはむしろ利点になると思います」わたしは言った。「彼女の行動パターンを知る手立てになるでしょうから」

「言ったはずだが、あくまでもわたしが知っているのは、秘書として働いていた彼女だ」

「それでも、ペギーの性格や気質をご存じだったのでは」

「見当もつかない」

「ダンスや観劇などを楽しめるブライトンではなく、ベルディーンのような辺鄙なところに滞在していた理由を想像できるかもしれません」

「若い女性が好みそうなことをペギーも望んでいるとしか思えん」

「彼女がダンスをしたかったのなら」わたしは促した。「パートナーが必要だったはずです。彼女には決まったボーイフレンドはいましたか?」

「知るわけがないだろう。言ったはずだが、彼女の私生活には関知していない」

わたしは畳みかけた。「でも、性格を詳しく知っていたなら、彼女が気楽な付き合いを好むタイプかどうか、おわかりになるでしょう」

「気楽にどうこうするタイプではなかったのは確かだ」

「でも孤独を楽しんでいたのでもない限り、ペギーは誰かと来ていたと思われます。男性だと思われますか？」

「わたしにわかると思うか？　だが仮定の話でというのなら……」

「それこそ気に留めておくべきでは？　どんな男性でしょう？　彼女が夢中になっていたのは、同年代か、それとも年上か？」

「わかるはずがないだろう？」バグショーは言い返した。

「実はおわかりなのではありませんか？　彼女が付き合っていたのは警視庁内の若い男性か、それとも——年上の男性に熱を上げていたのか？」

「ふざけるのもいい加減にしろ、アーミテージ警部補。職場以外で彼女を見かけたことはないほとんどないんだ」

わたしは敢えて彼に笑いかけた。「でも、そう思うのが一般的ではありませんか？　わたしならそうです。何しろほとんどミス・ソーンダーズに会ったことがありませんので——捜査でたいてい外へ出ていますから。ですがペギーが出かけたのがひとりか、女性の友人、もしくは男性と一緒だったのか、推定する必要があります」

バグショーを意識してわたしも目くばせをしてみたが、まばたきにしかならなかった。

「先ほどおっしゃっていたように、彼女は陽気で——美人で——いわゆる『一夜を共にしたい』タイプでしたか？」

「何を言うんだ！」警視は叫んだ。「警部補、秘書についてどんなタイプかなどと考えたこともない。この際、言っておくが――」

「ごもっともです。特に、死体安置所で対面なさったばかりですし。ですが、考慮すべき点ではありませんか？　ペギーがベルディーンでの週末を男性と過ごしていたとしたら――すぐにでも捜査すべき容疑者の見当がつくわけです。そして、警視の記憶から彼女の好きな男性のタイプが想定できるなら……若僧を探すのと若い女性に貢ぐ中年男を探すのはまったく違いますし、どちらでもない筋肉隆々なタイプを探すのだって、だいぶ異なりますから。わたしとしては中年男性は除外して、若僧と筋肉隆々なタイプを探せばよいのではないかと思うのですが。何かお知恵はありませんか？」

「あるわけないだろう」バグショーは大声で言った。「それに本件ではそのような捜査方法はまったく感心できんぞ、アーミテージ警部補。亡くなった彼女に対して無礼じゃないか。そもそもペギーが男性と来たという証拠がないのだから」

　彼を動揺させたくはなかった――この時点では。

「あくまでも可能性として申し上げたまでです」わたしは言った。「それに、実際にそうであっても、『無礼』だとは思いません。ペギーだって楽しんでよいはずでは？　殺伐としたこの現代社会で、みな楽しむ術を手に入れるべきですし、その中には男女関係も含まれて当然です。だってそうじゃありませんか？　それが自然の摂理です。ですからミス・ソーンダーズがここには『ミセス誰それ』として訪れたとしても、わたしなら『楽しんでください』と言うだけです」

「そうかね？　そういう考えには共感できないがね、アーミテージ警部補。だが『楽しむ』という点については、被害女性は当てはまらないというしかないな。極めて気の毒な最期だ」

「もちろん、そうではありますが、彼女だって被害に遭う前には楽しい時を過ごしたのではないでしょうか」

バグショーはいかめしい表情で、わたしにさらなる発言を望んでいない様子だった。だがミス・ソーンダーズとの間に何があったか明らかになったとしても、彼の味方でいると示したかったので、わたしは言った。「警視もそのほうがよいでしょう？」

「わたしだって、彼女が楽しい時を過ごしたと考えたい」彼は応えた。「彼女を好ましく思っていた。もちろん、父親が娘を思うようにだ。彼女はまだ子供だったが良い性格だった。それで却って――最期が哀れだ。それに彼女を悪く言いたくない。きみは肉体関係について発展的な意見を持っているようだが、同意しかねる。時代遅れに聞こえるかもしれないが、いまとなっては彼女は弁解できないのだ。笑いものにしたくない。臆測は慎んでくれ、警部補」

3

これはずばり、わたしに対する警告だ。笑いものにされたくないのは警視自身で、わたしは彼に危機感を与えたのだ。でもやりすぎたとは思わなかった。ペギー・ソーンダーズとの関係を素直に認めるよう、彼を誘導した……「彼女を好ましく思っていた」とも言っていた……もしバグショーがもっと――いっそすべてを――打ち明けてくれたら。彼に腐った卵を投げつける輩にわたしは決して加わるまい。

この点についてさらに考えたかったが、メイツ警部補の車がわたしたちの前で停まり、彼とサム・バーケットが海岸道路沿いの芝生に降り立った。つまりここがペギー・ソーンダーズが崖から飛び降りた現場だ。わたしたちと崖のふちの間にキャンバス地の規制線が張ってある。

「彼女はこの場所から飛び降りたと思われます」メイツ警部補は説明した。「遺体発見現場から推測するとそうなります。辺りの芝生が踏みつけられています」

ふたりの制服警官が規制線を監視している。目ぼしいものがないのに前に身を乗り出してくる好奇心旺盛な野次馬を、別の警官ふたりが制止していた。

警視と共に規制線の先に入ったわたしは、崖のふちまでが十フィートほどだとわかった。

「落下地点はここです」メイツ警部補が説明する。「足跡が見つからないのは残念ですが、付近の草だけが他の場所より踏みつけられています。ここで揉み合いになったと思われます。女性は相手を無我夢中で振り払って崖っぷちに行ったか、抱えあげられてここから落とされたのでしょう」

バグショー、バーケットとわたしは、揉み合いがあったと思われる芝を見下ろした。全員が同じ考えだったのだろう。そして最後にバグショー警視が言葉にした。

「これで殺人と判断するには、証拠が弱すぎる」

メイツ警部補は常日頃から、警察上層部の人間の無意味な発言に慣れていると見受けられた。

彼は軽蔑するというより忍耐強く言った。「さらなる証拠と言えば、死体ですね」

「遺体は確認した。遺体発見現場との兼ね合いからすると、被害者が崖にいたのは確かだ。だが彼女が飛び降りを強要されたり投げ落とされたりする必要はない。それにきみの話からすると彼女が闇雲に走り出した可能性もある。事件当夜は月が陰っていただろう？　事故死と推定しない理由は何だね？」

「日が落ちて二時間経ってからひとりで崖の上にやってきている点です。歩いただけで、こんなに草が踏みつけられますか？」付け足すようにメイツ警部補は言った。「警視？」

「そうだな、状況証拠からすれば、そういう話になる。だからといって『殺人』と決めつける必要はないと思うが。夜に散歩する人だっている――若い女性のほうが年配女性より日課が多いのではないかね。それに、きみの上役は事件性を指摘するけれども、被害者がこの崖について知らなければ、ここが危険だと把握していなかったのかもしれない。草が踏みつけられたと言っても――あまりそうは見えんが――それは当日の昼だった可能性もある」

「もちろんです、警視。ですがご覧の通り、ここには崖のふちから一ヤードのところに低い柵もあります。ワイヤー数本のものですが人の侵入を防ぐには十分な強度です」

「侵入？」バグショー警視は繰り返した。「でも、被害者は無我夢中で崖っぷちに行ったかもしれないと言ったばかりじゃないか。月明かりのない夜で、彼女は怖さのあまりに何か見間違えたのかもしれない」

「そうですね、警視。わたしもそれは考えました。それは被害女性がどれほど走っていて、柵のどの辺りで引っかかったかにもよります。実は現場検証に協力してくれるよう、うちの婦人警官数名に声をかけたのですが、誰ひとり手を挙げてくれませんでした」

「きみが検証を試みた時点で十分ではないかね、メイツ警部補」

「実行できればよかったのですが、詳細が不明でたいした証拠にはなりません。身長、体重、そして身に着けていた衣服はいうまでもなく、さまざまなことが関係してきます。被害女性が速く走っていたのなら、上のワイヤーが女性のウエストの下に当たり、バランスを崩してひっくり返ったのかもしれません。とにかくそうなった可能性がある。そして柵の先が一ヤードしかなかったために転落したのかもしれない。しかし、そのためには女性は柵の手前から向こう側へまっすぐ海に向かって走る必要がある。その点が問題です。被害者が崖沿いを散歩していたという仮定と食い違ってしまいます。そこでわたしは、殺意はなくても話の流れで彼女を脅した人物のせいで転落したか――もしくは海を見るふりをして彼女を崖のふちまで誘って放り投げた者がいたのではないか、と推理しています」

4

証拠を集める前に仮説を立てるのを好む者にとっては、すべてが非常に興味深いだろう。だが、わたしにはこの事件は出発点から誤っているように思えた。被害女性がどのように柵を越えたかということよりも、そもそも崖で何をしていたかを考えるべきではないか?

そう思いつつ、わたしはメイツ警部補に問いかけた。「検死での死亡推定時刻は？　日曜の夜でしたか、それとも、もっと早かったですか？」

「検死官《MO》によると、死後約十二時間とのことです。つまり死亡推定時刻は日曜の午後八時前後です。ちなみに被害女性はその直前に性交渉をしていたそうです。だから本件では相手の男性の居場所をすぐに突き止める必要があります」

わたしはバグショーに目をやった。その顔は無表情で何も読み取れない。

「興味深くありませんか、警視？」わたしは言った。「これで偽の結婚指輪をしていた理由もわかりました。彼女はそういう週末を過ごしていたんです。滞在していた場所を捜索したほうがよいのではありませんか？」

第六章　誠実な巡査部長

1

自分がバグショーだったらどうしただろう、と思った。そう長くは秘密を隠し通せないことが、これまでの経緯でわかったはずだ。ザ・ベルボイ・ホテルでの訊き込みですべてが明らかになるに違いない。だから、ロンドン警視庁の警視監に報告書を提出する必要がある、カーステアズ警視正やブライトン警察に事実を暴かれる前に、バグショーは――おそらくバーマン警視正には――本当のことを打ち明けたほうが賢明だろう。

とにかく、わたしが愚かにもいまのバグショーのような立場になったとしたら、この状態で足踏みせず、いままで真実を隠していた言い訳を必死でしながら、バーマンに洗いざらい話すだろう。

2

ふと思い出した。金曜日の夕方ミス・ソーンダーズに会った時、彼女はスーツケースを持っていたが、崖の上でも下でもそれが発見されたという報告がない。とすると、日曜日の夕方に散歩へ出かけた時、彼女はスーツケースを持っていなかったのだろう。つまり彼女はホテルに戻るつもりだったのだ。

だがそれでは筋が通らない。

いや、待てよ？　バグショーが自分の荷物と一緒に彼女の荷物もロンドンへ運ぶと申し出て、月曜日の朝に警視庁で手渡すつもりだったのか？

だがその場合、なぜペギーはブライトンまでバスを利用し、列車に乗って行かずに暗い中を崖伝いに歩いていたのだろう？

うまい答えが出ない。彼女がもう少し……ほんのちょっと……早くホテルへ戻るつもりだったとしても無理がある。その場合、崖を歩く彼女にバグショーが同行しなかったのは何故か——彼女が戻ってこなかった時に探し始めなかったのは何故か——そしていま、彼が彼女に関して嘘を上塗りしている上に、彼女の死について訊き込みをするに至っては、いったいスーツケースをどうするつもりなのだ？　彼女の下宿にスーツケースを送っていたなら、どのように配送したか訊き込みが始まるはずだ……そうすればバグショーの立場はさらに困難になる。

その時、サム・バーケットの姿が見えないことに気づいた。

驚くことでもない。いままで数回一緒に働いたが、これは彼の悪い癖だ……悪いというのは、つまりお偉方からの評判がよくない理由だ。お偉方というのは刑事としての輝かしい業績を巡査部長に興味津々で聞いてほしいものなのに、バーケットは群れないタイプでしばしば単独行動を取ってしまうのだ。ひとりで動いている間に手がかりを見つけることもたまにあるが、たいていは上司から叱責を受ける羽目になる。

バーケットは単独で訊き込みに行ったのだろう、とメイツ警部補は言ったが、わたしはそうとも思えなかった。おそらく退屈してどこかへ行ってしまったのだ。とにかくそれは彼の問題でわたしは無関係だ。このあとが思いやられる。バーケットの不在にバグショーが気づいたら、とばっちりを食うのはわたしだ。

4

ペギー・ソーンダーズが宿泊していた場所へすぐにでも行くべきだ、というわたしの提案はバグショー警視に却下された……それこそ彼が最も避けたいからに違いない！　だが捜査を円滑に行うには、バグショーを窮地に陥らせるほうがよい。だからわたしはその案をさらに推した。

「少なくともペギーがどんな週末を送っていたかはわかりました……宿泊先がわかれば……」

「そうだな」バグショー警視は言った。「だが数マイル先はブライトンだから、そう簡単ではない。あの規模の町のホテルや簡易宿泊所を片っ端から調べるとなると、何か月とは言わないまでも数週間はかかるはずだ」

「ペギーがブライトンからここに来て、また歩きで戻るつもりだったとお考えですか？　何故そんなことをする必要があったのでしょう？」

「彼女はバスでも来られたはずだ。歩いていたのなら、おそらく歩くのが好きだからだろう。ここまでは車に乗せてもらった可能性もある」

「メイツ警部補が言っていた、彼女の恋人にですか？　彼女を殺すにはこの地がうってつけだと思って犯人がわざわざ連れてきたと？　仮に犯人がそう思ったら、ブライトンより近場に適当な場所を見つけられるはずです」

「いずれ時が来れば、もっといろいろとわかってくるのは間違いない」

バグショーが言い逃ればかりしていると感じたわたしは、さらに言い張った。「わたしが思うに、この地はブライトンから数マイルですが、ベルディーンのすぐ近くです。小さな町ではありますが、ホテルの一、二軒はあるでしょう。ペギーは――もちろん彼女と一緒にいた男性も――ベルディーンに滞在していたと推測されます……」

「それについて話は済んでいるはずだ、アーミテージ警部補。ブライトンのような賑やかな町に滞在した可能性が高い、という結論だったはずだ」

「ですがそれは彼女がひとりで来た場合を想定していました。いまは検死結果から彼女がひとりではなかったとわかっています。そして恋人と週末を過ごすなら、静かな場所が好まれるはずです」

警視が肩をすくめる。「ペギーの人格に関してきみがことごとく正しくて、わたしが間違っていると思わせたいようだな、警部補。だが先に言った通り、わたしはほとんど彼女を知らないのだ――そして彼女の私生活も――それに証拠もなしに女性の人格を汚すのは苦手だ。ともあれ、この事件ではきみの言う通りだとは思うが」

「ではベルディーンのほうがブライトンより可能性があると思いませんか？　訊き込みをベルディーンで始めるべきでは？　ブライトンで延々と訊き込みをするのを避けられるかもしれません」

バグショーは言った。「警察の取り調べでは業務効率を第一に考えるべきではない」

その意見にも同意しかねた。どの警官も賛成しないと思う。バグショー自身だって……いくら他の案に気が進まないとしても。とにかく、ブライトンにペギーが行っていないのを知っていながら訊き込みをするなんて、愚の骨頂だ。

だが大っぴらに反論するわけにはいかない。そこで、ベルディーンで数時間訊き込みをすれば、ブライトンで何週間も何か月も捜査する手間が省けるから割が合う、と提案した。

バグショーが賛成するとは思わなかった――ザ・ベルボイ・ホテルで訊き込みをすれば、彼が隠そうとしていることがすべて露になってしまうからだ。だからこう言われてわたしは驚いた。

「それは名案だ。だがベルディーンは手短に済ませる必要がある。地元警察がホテルや簡易宿泊所のリストを提供してくれるはずだ。わたしがホテルを当たるから、きみとバーケット巡査部長は他の場所を担当してくれ。ところでバーケットはどこだ?」

「ちょっと用足しに行っているようです」

「まったく。彼は必要とされた時に席を外すことがないよう自重すべきだ。わたしが死体安置所にいる間に行けばよいものを」

「おっしゃる通りです、警視。後で言っておきます」

「ここでバーケットが戻るのを待っていてくれ。わたしは車の中で待っている。村までは一マイルもないから、ブライトンに戻る前のメイツ警部補にきみは会えるはずだ。それとも逆にしたほうが良いかもしれない。わたしは警部補と一緒に行くから、きみはバーケットが戻り次第一緒についいて来てくれ。持ち場の訊き込みを終えた後の待ち合わせ場所を決めておかないとな。教会の前でいいか?」

5

バグショー警視がメイツ警部補と出かけてからすぐに、わたしは必死にサム・バーケットを探した。少し手間どったが、しばらくすると数人の観光客のグループからはぐれた彼がこちらに向かってくるのがわかった。もちろんバーケットがいなくなった理由はバグショーが考えていたものではない。だがバーケットがありふれた観光客グループの中にいた理由が、わたしには見当もつかなかった。

　すると驚いたことに、グループの先頭のほうの人たちの中に見覚えのある顔があった。どうやらサム・バーケットもバグショー同様、公私混同しているようだ！

　キャンバス地の規制線に戻ってきたバーケットにわたしは声をかけた。「持ち場を離れる時には許可を取れと警視が言っていたぞ、サム。だけど気にするな。きみがいなくなってすぐに警視は出かけたから。さあ、ベルディーンへ行くぞ」

「何のために？」

「ペギー・ソーンダーズが滞在していたか確かめるためだ。バグショー警視がホテルを当たり、ぼくたちは地元警察から簡易宿泊所の一覧を入手して訊き込みだ。ところで、あのグループにきみの奥さんがいたな」

「ああ。ブライトンに滞在している。もちろんエルシーはおれがこの事件にかかわっているとは知らなかった。知っていたら、わざわざ来るような真似はしない……おれはそう願いたい。とにかく、この場を離れるよう言ってきた」

「奥さんの興味を引きそうなものはないだろう」わたしは言った。「奥さんがここにいても問題ないんじゃないか」

「仕事に首を突っ込まれるのが嫌なんだ。バグショーだって嫌がるだろうし、おれの印象がますます悪くなるはずだ。以前エルシーがおれの担当している事件現場にしゃしゃり出てきた時、バーマンが言っていたじゃないか、夫の帰りを自宅で待っていられない嫁さんを持つ巡査部長がいるってな？　ちょうどその頃、昇進の機会があったが果たせなかった。足を引っ張ったのが何だったか疑いようもない。仕事に専念できるようエルシーが放っておいてくれなければ、おまえや他の連中が出世してゆく中で、おれは巡査部長止まりだ」

「でも奥さんが興味を持ってくれるのはいいことじゃないか。きみがバグショー警視の元で働いているのを見るのが好きなんだろう」

「ばかな！」バーケットは叫んだ。「エルシーは警視とふたりの警部補――きみと地元警察の警部補が――仕事をしているのを目にするんだ。その間おれは突っ立って話を聞いているのさ。それがおれの仕事――おれに許されたことだ。本領を発揮できる機会なんて来やしない」

いまがその時だと言いたいくらいだったが、実際にはその機会を逃すだろう。それを言うならわたしもだが。わたしたちは簡易宿泊所でペギー・ソーンダーズについて訊き込みをしたが何も得られなかった。それもそのはず、彼女はここではなくザ・ベルボイ・ホテルに宿泊したからだ。そしてホテルに行っているのは他ならぬバグショー警視……実際には訊き込みのふりをしているだけだろう。そして収穫はなかったと言うに違いない。それで彼の秘密はさらに守られる。そして皆ブライトンで無駄な時を過ごすというわけだ。

徒労に終わる、というサム・バーケットと同じ気持ちになってきた。もっともバーケットの落胆は根拠のない想像からだが、わたしのは正真正銘だ。バグショーの嘘にはずっといらだちを感じているのだ。

わたしの車に乗るとバーケットが言った。「ペギーについての訊き込みといえば――資料は何だ？　彼女の写真でもあるのか？」

「入手できていない。写真があれば、彼女の家族から提供してもらうことになる。警視の話では、すぐには見分けがつかないほど顔を打ちつけていたそうだ。ぼくたちにできるのは、ペギー・ソーンダーズという名の泊まり客がいなかったか訊き込みをすることだ。かなり効率の悪い方法だとは認めるよ。推定されるように彼女が男性と週末を過ごしていたら、本名では泊まらなかっただろうから。男性の苗字で『ミセス』と名乗ったはずだ。簡易宿泊所に泊まったとしても同様だ」

「つまりおれたちは無駄骨を折っているんだな」バーケットが言った。「なあブライアン、できるだけ手を抜こうぜ。ふたりして駆けずり回るのはごめんだ。地元警察から簡易宿泊所のリストをもらったら、おれは海岸から教会までを当たるから、おまえはその先を担当してくれよ。その後バグショーに合流すればいい。ずいぶん時間の短縮になるぞ」

実に気の利いた案だ。ふたり共に結果を得られないなら、かける時間は短いほうがよい。結局、誰にも――バグショーにとっても――関係ないのだ。わたしたちが訊き込みをしようとしまいと、バグショーがホテルで形だけの訊き込みをしているのを、邪魔しないだけだ。いっそのこと簡易宿泊所のことなど忘れて海水浴がしたいくらいだ。もっとも水着を持っているわけではない――ブライトンの東海岸では七マイルにわたって裸での遊泳は禁止と掲示されている。とにかく、指示に従ったように行動をすべきではあるが、訊き込みが無駄足となる理由をバーケットに説明することはできなかった。

そこでバーケット巡査部長の案に条件付きで同意した。わたしは車で行き、彼は徒歩で行くことになった。そのおかげで、わたしはダウンズ地帯を気ままにドライブできた。もっとも表向きには村の向こう側の訊き込みを開始しているのだが！

6

こうして、わたしは実に楽しい午後を過ごした……少なくとも、最初の一時間はそうだった。その後、バグショーとバーケット双方と親しく接しておいたほうが得だと気づき、ベルディーンへ戻った。

その時わたしはバーケットについて考えあぐねていた。彼が巡査部長として細心の注意を払い、骨折り損とわかっている訊き込みに時間を費やす冷静さを持ち合わせていたのが意外だったのだ。「ペギーについての訊き込みといえば――資料は何だ?」バーケットは尋ねた。そして最後にはこう言った。「つまりおれたちは無駄骨を折っているんだな」それでも異議を唱えずに出発した。

千にひとつの手がかりがあるかわからないというこのありがたい状況で、戸別に退屈な訊き込みをするのを楽しむ警官はいない。バーケットは手がかりを得られる可能性が低いとわかっていた……見当違いの場所を捜索しているのだから何も見つかるはずはない、と知っているわたしと違って、彼は真相を知らなかったのに。

つまり、この事件にはまだわからない点があるのだ。

バーケットが積極性を示したのは、手分けして訊き込みをすると提案した時だった。彼が熱心になる理由がわからない。わたしがそう思っているように、彼も「ひとりで勝手な行動を取る」自由を求めていたのだろうか？　そして「わたしがそう思う」だけでなく、バグショーも単独での訊き込みを選んだ。つまり三人とも自分が何をしているか他のふたりには知られてはならない、と画策しているのだ！

バーケットは妻ともっと話すために別行動を取りたがった、と仮定できるだろうか？　もしくは妻を監視するためなのか？

彼は勤務中に妻が現れるのを嫌がる。彼は観光客のグループにいた妻を置き去りにして気に留めなかった……夫婦喧嘩をしてやり込められたのかもしれない。いまになって気持ちを奮い立たせて、妻へ反撃をする気なのか？　もしそうなら実に愚かなことだ。

バーケットが担当している村に——そして崖の上に——わたしも行き、彼の企みを確かめても損はない、と思った。もちろんわたしに何の得にもならないが、とにかくバーケットは旧友ではあるので、次にバグショーに呼ばれた時にはバーケットが村にいるようにさせたかった。

そこでベルディーンをゆっくりとドライブすることにした。ザ・ベルボイ・ホテルが視界に入った時、バグショーがホテルから出てくるのが見えた。

どうも調子が狂う。バグショーはわたしを見たか、少なくともわたしの車を認めたはずだ。わたしはサム・バーケットを探そうとはしていたが、彼の仕事放棄の可能性をバグショーに伝えるつもりはなかった。

だから車を止めて言った。「乗りますか、警視？」

7

バグショー警視は言った。「ここで何をしているんだ、アーミテージ警部補？　ミス・ソーンダーズの周辺の訊き込みは終わったのか？」

「まだです。時間内に二倍の区域を当たるために、バーケット巡査部長と手分けをしました。何か手がかりはありましたか、警視？」

「いまのところ、このホテルしか訊き込みをしていない」バグショーは応えた。「予想より訊き込みに時間がかかってしまった。ここの支配人と知り合いだから、彼の了解を得て行うのが最善だと思ったが、彼が忙しくしていたので待たねばならなかった。だが少なくともミス・ソーンダーズはここに滞在していないとはっきりした」

その言葉にわたしは衝撃を受けた。バグショーから他の言葉が出るのを期待していたわけではない。しかし……彼が支配人と本当に会ったのなら、支配人と——法の目をかいくぐるためにバグショーの嘘に口裏を合わせて——共謀したに違いないのだ！

金曜日の夜、このホテルに宿泊するとわたしはペギー・ソーンダーズから直に聞いた。そしてスーツケースを持った彼女がホテルに入ってゆくのも見ている。支配人に見つからないようにして小さなホテルに二日間も滞在できるものではない！　それにペギーがソーンダーズという名で宿泊していなかったとしても、支配人は彼女と会っていたはずだ。説明を受ければ彼女だと察しがつくし、バグショーと同じ部屋に泊まっていた女性だとわかるだろう。

わたしは言った。「写真なしでの訊き込みは大変でした。警視はどのように対処なさったんですか？」

「週末に滞在した若い女性すべてを対象にした」バグショーは応えた。「対象は四名だった。その内のふたりはリピーターで、もうひとりは支配人の知り合いだ。四人目はミセス・クラークソンで、土曜日の朝にはホテルを出ている。ペギー・ソーンダーズと彼女を結びつける根拠はまったくない」

「確かに」わたしは言った。「ペギーが一泊だけしているとしたら――本名で宿泊していたらですが――土曜日の夜はどこに泊まったのでしょう？　支配人が個人的に知らない三人の誰かと彼女を勘違いしているとは思いませんか？」

「思わんね」

「なら良いですが。警視はここに宿泊中、ミス・ソーンダーズがいる気配を感じなかったんですか？」

「アーミテージ警部補」彼は声を荒げた。「だとしたらとっくに報告していると思わんのか？」

「何も警視がペギーと言葉を交わせたとまでは言っていません」わたしは切り返した。「ですが、ダイニングルームでそれらしき人物を見かけたかも――」

「ミス・ソーンダーズも『それらしき』人物も見なかった。もしいたとしても、その機会はなかった。わたしは共有スペースを使用しなかったからね。静養したかったから個人用の居間を予約していて、食事もその部屋で取ったのだ。だがそれは論点と関係がない。ペギー・ソーンダーズがホテルにいなかったという支配人の証言が重要なのだ」

「はい、もちろんです」わたしは言った。

8

教会の前に車を止めるとバグショーが言った。「バーケット巡査部長はどうした？　きみが担当区域で訊き込みを速やかに済ませたように、彼も終えたんじゃないのか？　まさかティータイムとしゃれこんでいるんじゃないだろうな？」

「決してそんなことは。巡査部長として真面目に働いていますから」

「確かかね？　わたしの印象はだいぶ違うがな、警部補。彼はこの事件に本腰を入れているように見えない。覚えているかもしれないが、わたしとしては巡査部長など必要なかった。だがバーマン警視正が必要だと言って、わたしの下にバーケットを置いた。巡査部長たるもの機転が利くべし、がわたしの持論だ。バーケットには機転のかけらも見いだせないし、必要な時にいたためしがない。彼がいまここで収穫なしの報告をしてくれれば、さっさとブライトンへ移動できるものを」

「バーケットが戻ったら海岸道路を飛ばしてゆきますから」わたしはなだめた。「いずれにしても、引き続きベルディーンで訊き込みですね?」

「バーケットに収穫がなければ――」

バグショー警視も不覚を取ったものだ。

「するとホテルはもう終わりですか、警視?」わたしは口を挟んだ。「まだ当たったのは一軒だけだとおっしゃっていたじゃないですか。他のホテルはどうなさるんです?」

「もちろん行くとも――うっかりしていた。ザ・マリーナとザ・シーサイドがある。すぐにでも訊き込みに行こう。きみが片方へ行く間にわたしはもう一方へ行く――訊き込みが終わった時には、さすがのバーケット巡査部長も姿を見せるだろう」

第七章　仕事と遊び

1

　バグショーは不覚を取った――三軒のホテルの内の二軒を忘れたなんて、言い訳にもならない！　だが当然ながら彼は支配人との口裏合わせこそが大切で――一時間以上費やしたのだ――無意味な訊き込みなどすっかり忘れていたに違いない。

　それでもわたしにはバグショーを問い質したり、事の重大さに直面したりする心の準備ができておらず、平静を装うしかなかった。

　場の雰囲気を和ませるためにわたしは言った。「ホテルで個人用の居間を使うなどという贅沢をしたことがありません。サービスも手厚くなるのでしょうね？　それに比例してチップも弾むんですか？」

　バグショーはうわの空だった。「何だって？」彼は言った。「何と言ったんだ、警部補？」

「たわいない話です、ホテルで個人用の居間を利用することについて。わたしにはどうもなじみませんが。よいホテルに滞在した時の楽しみといえば、ラウンジでの出会いですから」

そして思いつきでわたしは続けた。「もちろん、ハネムーンや逢瀬なら話は別です。そうなると、ふたりきりになりたいですからね」

「警部補、きみの話には一向に興味がわかない。担当事件に集中したまえ。ここで降ろしてくれ、きみはザ・シーサイド・ホテルを担当するんだ」

2

わたしは警視と別れてから崖に車を走らせた。バーケットの姿もなければ彼の妻エルシーの姿も見えない。「ロンドン警視庁の警視に同行してきた警官を見かけなかったか」と規制線を監視している巡査に尋ねようかとも考えたが、やめておいた。というのも巡査連中は口が軽くて、質問された内容を言いふらす傾向があるからだ……そこでベルディーンにあるザ・シーサイド・ホテルへ行くことにした。

だが車に戻り出発しようとした時、草地を横切っているエルシーが目に入った。わたしは急いで車から降りて彼女を呼び止めた。

エルシーはあまり魅力的な女性ではなく――お世辞にも美人とは言えない――前に会った時にもぴんと来なかった。さて――彼女の視線が示すように、わたしに好感を持ってくれているようにと願うばかりである。

わたしは言った。「ミセス・バーケットですね？」

「ええ。ブライアン・アーミテージね？　崖から転落した女性の事件を任されているの？」

「任されているのではなく、サムと一緒に担当しているんです。こう言うのも何ですが、あなたがいまここにいるのは感心できませんね。刑事の妻が現場に来てはいけません……サムが嫌がりますよ」

「彼が嫌がるかどうか、わたしが気にすると思う？」

「気になさるでしょう――違いますか？　彼は気が散って、何度となく仕事そっちのけであなたと話をしに行ったでしょう。その様子をバグショー警視に見られたら――」

「サムがまた厄介なことになるというのね？　例によって例のごとく。でもわたしが気にしていると思ったら大間違い」

彼女と話しても、わたしは誰ひとり助けられそうにない！「何故ここへ来たんです？」

「どうして一般人のように、ここへ来てはいけないの？　彼の邪魔はしていないわ……家にひとりでいるのはうんざりなの。だからブライトンへ来て、たまたま午後に崖沿いを散歩しようと思ったのよ。ところで事件は解決に近づいているの？」

「そうすればサムが家に戻ってくるからですか？　そう思い通りにはいきませんよ」

「手がかりは何も見つかっていないの？」

「もちろんいくつか見つかっています」わたしは言った。

「つまりわたしには話すつもりがないのね？　サムも何も教えてくれない！」

「今朝サムとここで話していましたね」わたしは言った。「午後も彼と会いましたか?」

「ええ、会ったわよ。ちょっとだけ。ここへ来るなと言われたの。でも言いなりになんかなるもんですか。行きたい所へ行くし、したいことをするわ」

「それがサムに悪い影響を与えても?」

彼女は笑った。実にぞっとしない笑い声だ。「だったら、なおさら来る甲斐があるかもしれないわ」

「勘弁してください」わたしは言った。「そうひねくれて考えるもんじゃありません。週末にごたごたがあったとサムから聞きましたが――」

「聞いたの? 具体的に全部?」

「いや、細かくは。いざこざがあったとだけ」

「確かにあったわ」彼女は言った。「サムはたいてい呑気にしていたけれど」

「出勤した時にはそんな感じではありませんでした。その、口喧嘩したのを水に流せませんか? ここにあなたが来ているのを見て、てっきり仲直りをするためにサムに会いに来たのかと思ったんですよ」

エルシーは再び下品に笑うと、背を向けて立ち去ろうとしたが、一瞬振り返って言った。「日曜日のことをどうするつもりかサムに訊いてみて。彼に考えがあるなら、わたしは最初に知る権利があるはずよ」

3

わたしがベルディーンへ戻るとバグショー警視とバーケット巡査部長が待っていた。

バグショーはこれまで以上にいらついているようだ。「ずいぶん時間がかかったな、警部補」

彼は不平を言った。「わたしは訊き込みを二十分前に終えたぞ」

「申し訳ありません。訊き込み先の女性が話好きだったもので」

「その人物から収穫はあったか？」

「残念ながらまったく」

「ザ・マリーナの支配人やスタッフからも手がかりは得られなかった。これでベルディーンの訊き込みは終わりだ。ブライトンへ移動しなければ」

わたしは言った。「捜査範囲を広げる前に、事件を別の視点からとらえるのが賢明ではありませんか？　ブライトンから歩くとなると二時間はかかりますから、ペギーは午後五時には滞在先を出たことになります。戻りが真夜中になりそうだとわかっていながら、若い女性がひとりでトレッキングに行くとは考えにくい。それに引き替え、ベルディーンから崖の上までは歩いて三十分以内です。彼女は寝る前に新鮮な空気を吸いに出かけたのかもしれませんね。そのほうが現実的で……」

「実に説得力に欠ける推理だな、警部補」バグショーが言い返す。「ペギーがブライトンから車で来た可能性があるとわれわれが議論したのを忘れたのか」

「もちろん覚えていますが、裏を取っていないので、敢えて捜査しないのかと思っていました。とにかく、まずはベルディーンできっちり確認するべきではありませんか？」

「確認しているだろう？」

「そうでしょうか？　そもそも写真なしでは埒が明かないですし……この地域のホテルこそ重要だとわたしは思います。薄汚い簡易宿泊所では週末を満喫できそうにありません。前にも言いましたが、ミス・ソーンダーズはホテルを好むタイプではないでしょうか。この村にはホテルが三軒しかありません。裏を取るために改めて訊き込みをしてみませんか？　先ほどわたしに行くよう命じたザ・シーサイドへはバーケット巡査部長が、そしてわたしはザ・ベルボイへ、警視はザ・マリーナへもう一度行くのはいかがでしょう」

「とんでもない」バグショーが叫ぶ。「言語道断だ。無駄足になる。ザ・ベルボイは特に。わたしが訊き込みの仕方を知らんとでも言うつもりかね、アーミテージ警部補？」

「いや、よくご存じだとわかっております。ですが写真なしでは難しいものですし、二度行うことで何か手がかりが見つかるかもしれません」

「だがすでに説明したように、ザ・ベルボイに滞在していた女性は支配人のミスター・ルッカーの個人的な知り合いと、常連客だ。支配人への訊き込みで十分に確認できたし――率直に言って、アーミテージ警部補――さらに訊き込みをというきみの案には、憤りを感じるよ」

4

これで決まりだ。バグショー警視がザ・ベルボイの訊き込みにわたしを行かせたがらないのは、すべてばれてしまうからだと言っているに等しい。

彼には歯向かえないとわかっていた。決して譲歩しないから、わたしが無理強いしたところで恨みを買うのがおちだ。

わたしは言った。「失礼しました。少しでもお役に立てればと思いまして。警視は先ほど、巡査部長は『機転が利く』ほうがよいとおっしゃっていたので、警部補にも同じ考えをお持ちかと。いままでの訊き込みに警視がご満足でしたら――」

「自分の持ち場の訊き込みには十分に満足している。きみやバーケット巡査部長の担当地域については応えられんが、ふたりとも職責を全うするに足る経験を持ち合わせているはずだ。きみたちが担当した場所へ行けと言うのかね？」

当然ながらこれはバグショーの逆襲だ。応酬しなければならない。というのも、もしわたしの担当のザ・シーサイドや簡易宿泊所に行ったら、どこにも訊き込みに行っていないのが彼にばれてしまうからだ。そうなったら……！

わたしは言った。「わたしの持ち場については警視のお時間を割くには及びません。バーケット巡査部長も同意見に違いありません」

だが状況は芳しくなかった。

「そうかね？」バグショーは言った。「つまりきみが問題視していたのは、わたしの捜査能力というわけか？　ご親切にありがとう、警部補。実に率直だ――無礼と言えるほど」

5

わたしたちは重苦しい沈黙のままブライトンへ向かった。警察署へ入る時、バグショー警視はバーケットとわたしを車に残した。

バーケットが言った。「あいつと何かあったのか？　おれは警視やお偉方に慣れているが、奴は間違いなくあきれかえっていたぞ。警視が事実を隠蔽しているとでも言うのか？」

「警視の感情を傷つけたとは思う」わたしは言った。

「それは結構なことだ。そもそも警官には感情はないと思われている」

「確かにそうだ」わたしは認めた。「だが、警官が一般市民と違っていなければいけない理由がわからない。そういえばサム、エルシーとは互いにどんな『感情』を抱いているんだい？　仲直りする手立てはあるのか？」

「いや手遅れだ。すでに破綻しているんだよ」

「気の毒に。あまり思い詰めるな」

「そうだな」彼は陰気に言った。「だがいつまでも抜け出せないんだ」

第八章　恋愛中の娘

1

　ブライトン警察署から出てきたバグショー警視は、カーステアズ警視正との会議を楽しんだようには見えなかった。そもそも、この頃人生で楽しいことがあるように見えたことはない。キティーによると――わたしはいまでも警視とそう親しくはないが、ロンドン警視庁へ来る前に所属していたバタシーでは、ほとんど接したことがなかったのだ――バグショーは血気盛んで活動的だったそうだ。だがペギー・ソーンダーズとベルディーンで週末を過ごした後は――おそらく彼女と諍いになり別れ話が出たのだろうが――人が変わったように陰気で癇癪持ちになった。浮気相手と週末に揉めた経験はわたしにはないが、喜びの絶頂から突き落とされるのはさぞ辛いことだろう。不首尾に終わったのを笑いとばす元気など出ないはずだ。だがバグショーが散々な目に遭ったことと捜査とは話が別である。

　とにかく、バグショー警視は署から出てきて車の助手席に無言で座った。運転席のわたしに行く先を言わないので、ただ待っていた。

しばらくして吐き捨てるように彼は言った。「車の台数が足りない」

訳がわからなかったので、ひたすら次の言葉を待っていた。

しばらくしてから彼が言った。「きみは電車で行ってくれ、警部補」

「わかりました。ここからはアクセスが良いですから。ロンドンですね」

「もちろんだ。それ以外にあるか。警視庁で情報を入手したら、どこへでも捜査に行ってくれ」

謎解きに疲れたので、こう言った。「カーステアズ警視正のご指示ですか？」

「とんでもない。現状を打破する協力を彼から得られなかったからだ。地元との連携なしでブライトン全域を捜査するには、われわれ三人では限度があるが、わたしも捜査に当たらねばならない。となれば」バグショーは続けた。「指示に納得がゆくはずだ。長距離を走る時間が短縮できる。何も捜査の進展を急ぐあまりに指示しているわけではない。『急がば回れ』とはよく言ったものだ」

「物事とはそういうものですね。ロンドンに戻ったら何をしたら？」

「ミス・ソーンダーズの写真をできるだけ集めてほしい。手始めに警察に着任した際の書類を調べてくれ。中には顔写真付きのものがあるかもしれない。それにアールズコート地区の下宿の管理人の女性からの入手も考えられる。手に入れたら二十五部複写してくれ」

「二十五部ですか？」

「何なら三十五部でもいい。余分にあったほうがいい。それでも捜査が長引いたらカーステアズ警視正が二十名以上の人員を充ててくれるはずだ」

2

後部座席にいるバーケット巡査部長が身を乗り出すようにして言った。「どういうことです？ペギーの宿泊先が重要なんですか？」

「彼女がひとりだったら重要ではなかっただろう。検死結果からすると相手がいたようだ。だが少なくとも——ブライトン・フロントで行きずりの男性との情事などはあり得ない。とうてい信じられん。断じてそんな女性ではなかった。この事件ではカーステアズ警視正が主張したように、ペギーは男性と来ていたに違いない。宿泊先を見つけたら相手の身元を調査できるはずだ」

この時はまだ、ブライトン市街へ車が入っていなかったので助かった。すっかり頭が混乱して、道路に集中できたか怪しかったのだ。わたしは助手席のバグショーに目をやった。

「何とかなりますよ」わたしは言った。「相手はきっと震え上がっているでしょうし」

「その男が彼女を殺したという証拠はない。実際には、彼女と一緒に出て行ったからこそ無実かもしない。その可能性は低いだろうが。犯人が複数でその内のひとりがペギーの恋人だったら……われわれの推理より実際は複雑かもしれない。だがそういった点はひとまず除外してよい。ペギーは教養のある、知的で礼儀正しい女性だ。だからこそ道を踏み外したと考えるだけで我慢できない——あまりにも彼女らしくない。まあ、わたしの見立てが違っていたわけだが、まったくの見当違いだったとは思わない。ペギーは真剣な付き合いをしている男性としか週末を過ごさないはずだ。それに、彼女の殺害が旅行の目的だったと推理するほど、わたしは冷淡じゃない」

同感だ！　わたしは言った。「ええ、もちろんそうですとも」そうは言うものの、バーケットだって妻エルシーとかつては相思相愛だったに違いない。いまのバーケット夫妻は殺し合いこそしないが、言い争いが絶えない不幸な結婚生活を送っている。

実際バグショーの話には一理ある……それも事実に則ってのことだったのだろうか。そうとなると鵜呑みはできない。だが週末が期待外れで喧嘩別れだったとしても、バグショー警視が殺人犯だとはどうしても――決して――考えられない。それに彼が女たらしとも思えない。わたしは確かにこの目で……というより、この耳で……ペギー・ソーンダーズが金曜日の夕方に、夜が楽しみだと言っていたのを聞いた。彼女は大いに期待していた……「今夜はとても大切なことがあるんです」。恋に落ちていたのか？　明らかにそうだった。バグショーだってそうだろう、四十歳近い独身男性なのだから、おそらく彼女よりは抑制していただろうが。よほど本気でなければ週末旅行などしないだろう。それにペギーは頭のいい女性だった――バグショーと相思相愛でなければ、情事に溺れたりなどしないはずだ。

つまり恋を実らせて結婚に至ったはずだ。婚前旅行だったのでは、とわたしは推測した。いまでいうところの「どうして待たなきゃいけないの？」主義だ。もしくは「昼も夜もふたりは相思相愛」主義なのか。

それから雲行きが怪しくなるものなのだ。結婚前に同棲をするのはやめておけ、と以前わたしは言われた。一緒に住み始めて当初は予想と違っても、生活の中で手法を変えて続けてゆくのが一番だ。そうすれば――たいていは――うまくゆく。婚前旅行で同じ問題に遭ったとしたら……うんざりするか、考え直して逃げ出すかだ。

そのようなことがバグショーとペギー・ソーンダーズの間にも起きていたに違いない。だから三日目の夜には逢瀬は取りやめになった。とにかく彼女はひとりで崖へ夜の散歩に行き、命を落とす結果となった。

もちろん、ペギーが殺されたと示すものは何もない。ふたつの別々の事実を解きほぐすことだ。彼女はバグショーと週末を過ごし、非業の死を遂げた。その原因が何か見つけなければならない。結局は事故だったのか？　それとも彼女に恨みがある何者かが週末に鬱憤を晴らしたのか？

3

いずれにしろ、ペギー・ソーンダーズが月曜日の朝に秘書として出勤しなかった時、バグショー警視はひどく辛かったはずだ。その二日後、彼はペギーの死を知った。そしてはからずもロンドン警視庁内の醜聞《スキャンダル》の火種を作ったことに、彼はすぐさま気づいたはずだ。好奇のまなざしを向けられたり、食堂で忍び笑いされたり、中年警視と美人秘書の関係について噂されたりする以上のことになるのだと。おそらくすぐにわかっていたからこそ、自分のプライベートをかき乱されたくなくてバーマン警視正に嘘をついたのだろう。だが、ザ・ベルボイで誰かが――ミスター・ルッカーかウェイターか客室係が――崖へ出かける前のペギーとバグショーの愛の囁きを耳にしていたら、嘘はすぐにばれてしまう……秘書との逢瀬をずっと隠し通せるとは思っていなかっただろうに？

それに、ペギーがホテルから出て行った時、なだめるために彼も後を追いかけたに違いない……数ヤード後をついていっていたとしたら……その場合、彼女の後を追って崖の上に行ってないと証明できるだろうか？

4

考えを巡らせていると、バーケット巡査部長が口を開いた。「彼女の跡を辿って、同行していた男性が見つかったからって、どうなるというんです？　女性と出かけただけでは殺人の証拠にはなりません。確たる証拠を得ることに集中すべきではないでしょうか？」

「いまそうしているところだ、巡査部長。アーミテージ警部補がロンドンに行く間、きみには大いにここで働いてもらうぞ」

「望むところです」バーケットは言った。「二番手は性に合いません。本領を発揮する機会がないですから」

バグショーの表情からすると、バーケットを理想的な部下とは見なしていないようだった。そこでわたしはバーケットに助け舟を出した。

「バーケット巡査部長の力量を実感するはずですよ、警視」わたしは言った。「仕事を任されたら一流の働きをします。彼が警部補でわたしが巡査部長であるべきなのにと常々思っているんです」

「なるほど」バグショーが言った。バーマン警視正を思わせる、どこか辛そうな口調だった。

第九章　ボーイフレンドの訪問

1

　ロンドンに戻るとすぐに警視庁へ行き、ペギー・ソーンダーズ関連書類の開示を求めた。書類が整うまで手持ち無沙汰だったので、アールズコート地区のペギーの下宿先へ行った。わたしが探していたのは写真だけではない。

「ミス・ペギー・ソーンダーズはここに下宿していますか？」わたしは尋ねた。

「ええ、いまは留守にしていますけど。彼女のお友達？　初めてお見かけするかたね。どんなご用件ですの？」

「申し遅れまして。警察の者です。彼女がロンドン警視庁勤務だったのをご存じでしたか？」

「ええ、ペギーから聞いていましたから。それに月曜日の朝に、彼女が出勤していないと警視さんとおっしゃるかたからお電話がありました。ここにも戻っていないんですの。何があったかご存じ？」

「ええ、残念ながら。彼女は週末にサセックスの海岸沿いに行き、日曜日の夜に崖から転落しました」

「まあ、なんてこと！　怪我はひどいの？」

「ひどいどころではありません。亡くなりました」

2

管理人の女性が――ミセス・ランクと名乗った――ひどく心を痛めたので、事実を伝えたのは却って失敗だったとわかった。彼女は涙をぬぐいながら言った。「あんなにいい娘さんが、まだ若いのに。なんてむごいんでしょう。どうして彼女はそんな目に遭ったの？」

「現在調査中です。現時点ではほとんどわかっていません。お力を貸していただけると助かります、ミセス・ランク。ペギーはひとりで出かけましたか？」

「ええ、そうです。少なくとも、わたしの知る限りでは。誰かと一緒だとは言っていませんでしたから……とびきりの旅になると言って、ずいぶんはしゃいでいました。わざわざ買い求めたネグリジェまで見せてくれましたよ。わたしにはもうとうてい袖を通せないような、透け透けのね。わたしだって新婚当時はあんなのを持っていたわ、もう三十年以上も前の話ですけど。昔はきれいだったのに、と主人はこぼしていますよ。やれやれだわ。ミス・ソーンダーズは買ったばかりのネグリジェがさぞ似合っただろうと思いますよ――淡いブルーで襟ぐりが深くて。若い女性が魅力を発揮するのは大賛成……わたしがどうこう言う筋合いでもないし、彼女が誰かと一緒だったのかもわからないわ。頭にはよぎったけれど尋ねたくはなかったの。彼女自身がきらきらしていてネグリジェも似合っていた」

「ええ」わたしは言った。「おっしゃる通りだと思います。一緒にいた男性が誰かわかると、何が起きたか検証する助けになるんです。ペギーのところへは来訪者は——男性の来訪者は——多かったですか？」

「いまどきの若い女性と同じくらいね。そう多くは来なかったけれど、わたしが詮索することではなかったから尋ねもしませんでした。実際のところ訊いても仕方ないのでね。いまどきの女性は自分の面倒は自分で見られるから、見守るのが一番なのよ。若い時は一度だけですものね？　わたしは母から詮索されて散々だったわ。却って男性たちは敬遠して、母親が口出ししない娘さんのほうに行ってしまったもの。だからここで暮らしている女性たちにはうるさいことは言わないの。人生を謳歌してほしいのよ」

「実に思慮深く寛大ですね。ミス・ソーンダーズには恋人はいましたか？」

「そうね。言わないほうがいいんじゃないかしら。いままで話さなかったのよ。彼女は亡くなったのに……あら、ということは、話しても彼女は傷つかないのね？　警察の参考になるかわからないけれど。彼女には意中の人がいたようだわ。名前はわからないけれど、ペギーはその人のことを『かわいい人《ダックス》』って呼んでいたの」

「それ以外は何か聞いていませんか？」

「残念ながら」

「その男性は——彼女より歳が上でしたか？」

「同世代でないのは確かね。少し年上だと思う。でも崖から足を踏み外すほど年配ではないわ。素敵な男性よ」

「特徴を挙げていただけますか？」

「ええ」ミセス・ランクが言ったので、わたしは手帳を出して書き留めようとした。当然ながら、予想していたのはバグショーの外見を裏付けるようなものだった……だが、話によると、その男性は中背で……「あら、背は高くはないわ、かといって低くもないけれど……」そして「よくある髪の色」の「目立たないタイプ」だという。

「目つきはどうです？」わたしは促した。「何か特徴はありませんでしたか？」

「いいえ、特には」

警官たるもの特徴を訊く時に誘導尋問をすべきではないのだが、実際にはしばしば行われており、のちに調書から削除される。だからわたしは尋ねた。「目くばせをしませんでしたか？」

「そうね、ここに来る時は機嫌がよさそうでしたよ、答えになっているかしら」

ミセス・ランクから聞き出せたのはそれくらいで、具体的なものは得られなかった。だが一方、男性には二本の腕と二本の脚、そして一対の目のついた顔があるとわかったのだから、バグショーでないとも限らない。具体的にわかったのは、透け透けのネグリジェを相手が気に入るとペギー・ソーンダーズが思ったことくらいだ……だが逢瀬の始まりに——当然、始まりだけだが——

それを期待しない男性がいるだろうか？

3

ミセス・ランクが言う。「何かできることがあれば――」

「いいえ、十分です」わたしは言った。「ミス・ソーンダーズの写真のある場所をご存じですか？」

「いいえ、わかりませんね。見たことがありません」

「彼女の部屋を見せていただいてもかまいませんか？」

「引き出しの中まで見るのかしら？　普通なら遠慮してもらいますが警察のかたですし……彼女も亡くなっているなら文句も言えないでしょうから」

そこで二階へ案内してもらった。薄汚れた寝室一間で、バグショーやミセス・ランクが言っていたようなペギーの陽気さは少しも感じられなかった。あの華やかなザ・ベルボイ・ホテルをバグショーが選んだ理由がわかる気がした。このみすぼらしい部屋を何度も訪れて彼女の本命の恋人となり、愛を交わす時には「かわいい人《ダックス》」となり、彼女がネグリジェを買うほど夢中にさせた……バグショーがこのミセス・ランクの下宿とはまったく違う場所にペギーを連れて行きたくなるのも当然だ。そして魅惑的なホテルを選んだ上に、寝室だけでなく個人用の居間も予約した。秘書への思い入れは相当なものだったのだろう。それは警視がいかに大物であるかをペギーに示すためだったに違いない。わたしがその立場でも同じ行動を取っただろう。

第十章　目くばせをしない男

1

下宿では写真も役立ちそうなものも見つけられず、手ぶらでロンドン警視庁へ戻った。彼女の身元保証書三通を見てみると、保証人の住所がすべてロンドン市内なのでほっとした。運がよければ、じきに写真が手に入るだろう。

一休みする資格を与えられた気がして、キティーに会いにいった。

彼女はバグショーの執務室で報告書や郵便物を仕分けしていた。仕方なく引き受けた仕事だから御機嫌斜めだ。そこでわたしは陽気に笑いかけた。

「ああブライアン、来てくれたのね！」彼女は大きな声で言った。「もううんざりして、刑事になりたての頃は良かったのに、と嘆いていたの。あなたの事件の進展は？　解決の目途はついたの？　そういえばバグショーの秘書として事務仕事をしている間、わたしに『危険手当』は付くのかしら？」

「危険手当?」わたしは繰り返した。

「ええ、前の秘書に何があったか知っているでしょう?」

「まさか、そこまではあり得ないよ」

「あり得ないって何が? 警視の秘書は縁起が悪いってことが? 実感できたらいいけど。それともペギー・ソーンダーズに何があったか、新しい考えがあるの?」

「ああ、ぼくなりの推理がある。ぜひ聞いてもらいたい」

2

事件について話し始めると、キティーから退屈そうな表情が消えて真面目な態度になった。

「それはとても深刻よ、ブライアン」彼女が叫んだのは、バグショーがバーマンへ嘘をついたというところまで話した時だった。「バグショーはどうかしてしまったのかしら?」

「警視がどうかしたのなら、そのほうが何事もうまく治まるよ。でも現実は違うんだ。奴の行動を説明するために順序立てて話してゆくよ」

わたしはミセス・ランクから聞いた話をした。「わかるだろう。奴はペギーの下宿では恋人だと思われていたんだ。管理人の女性は下宿している女性たちの恋愛に実に寛大でね……おそらく夜遅くまで……バグショーは付き合いを深めていったんだろう。ペギーは書類を作成する時には『警視』と呼んでも、下宿にいる時には『かわいい人《ダックス》』と呼ぶまでになったんだ」

「彼女の部屋に行っていたのは本当にバグショー警視で間違いないの？」

「もちろんさ。すべてつじつまが合うと思わないか？　ペギーはすっかり熱を上げてベルディーンに一緒に行くことにした。夢中だったんだろう……『今夜はとても大切なことがあるんです』と言っていたし……彼が待つホテルに入ってゆく姿は、幸せそうで輝いていた」

「なるほどね、話はわかったわ。でも他の男性かもしれないじゃない――」

「きみは公平に考えていないんだよ」わたしはキティーに言った。「議論を進めるために他の男性だと仮定しよう。そしてすべての物事を当てはめてごらん。ペギーはバグショーの秘書、彼女は警視の滞在しているホテルに行ったが、奴と一緒とは言わずにいた――ビクトリア駅で待ち合わせたり、自動車で一緒に来たりしなかった――それは警視の醜聞を避けるためだ。ペギーの相手がどこかのトムかディックか、もしくはハリーなら、どうして周りの目を気にする必要があるんだい？　それに体面を保つ必要もないじゃないか？　だが彼女はベルディーンへ行くのをロンドン警視庁内の人間に知られてはならなかった――だからぼくと会っても知らないふりをして、警察勤務じゃないと言ったんだ。彼女はザ・ベルボイへ『ミセス・バグショー』の名で宿泊した――フロント係に確認済みだ――つまり警視と同室だったのさ。土曜日にずっと外出していたふたりはホテルに戻ってからおそらく喧嘩になって……どっちにしても、彼女はスーツケースを持たずに日曜日の夜に外出した。ホテルに泊まるつもりも戻るつもりもなく、すぐさま出ていきたかったんだろう。そしてブライアン行きのバスに乗らずに崖伝いに歩いた……喧嘩をして興奮状態の女性は何をするか。それに……」

キティーは言った。「待って、ブライアン。喧嘩の相手はトムかディックかハリーでも、バグショー警視でもいいのよね」

「そりゃそうさ」わたしは認めた。「きみがそう推理するなら、ベルディーンの『ミセス・バグショー』の存在や、バグショーが逢瀬を楽しんでいる時にトムかディックか、もしくはハリーも同じ場所で同じ時に情事にふけっている点、バグショーの妙な言動、例えばぼくが例のホテルに行くのを嫌がるというようなことも考えに入れるべきだ。バグショーが秘書との恋愛に罪の意識を感じて、秘密裏に行動したとしか思えないよ」

キティーは深く考え込んだ。

「あなたの言い分はもっともよ」しばしの沈黙の末に彼女が言った。「でも、ペギー・ソーンダーズがホテルの『ミセス・バグショー』であるとは決まっていないわ」

「いや確かさ」わたしは切り返した。「バグショーが自分から暴露したも同然だ。奴はザ・ベルボイの支配人に聞いて宿泊客に女性は四人だけだったと言っていた。支配人はその内の三人を知っていて、四人目は一泊しかしなかった。だから――」

キティーが口を挟んだ。「でもブライアン、それなら支配人は『ミセス・バグショー』を知っていたはずよ。そしてその女性がペギー・ソーンダーズなら、支配人は彼女と面識があるはずだわ！」

それには気づかなかったのは不覚だった。「支配人はぐるかもしれない」しばらくしてわたしは言った。「以前バタシーで警部補をしていたんだ。ルッカー支配人とバグショー警視は事実を隠蔽している」

「それはあり得るけど」キティーは言った。「バグショー警視は秘書と過ごした夜を誰にも知られないよう必死なはずなのに、とても妙だわ」

「妙ではないさ」わたしは反論した。「驚くに値しないよ。人はそういった話はしないもんだ。バグショーは、月曜日の朝に警視庁へ出勤して『週末は秘書とずいぶん楽しんだよ』と言って、ベッドでの彼女の様子を具体的に説明するような人でなしかい！　そういう恥知らずではないから、バグショーはすべてひた隠しにしているんだ」

「それはそうね」キティーは言った。「でも――」

「待ってくれ」わたしは大声で制した。「奴は当然ながらすべてを隠したがっている。だがバーマン警視正の執務室に呼ばれた時、ベルディーンで発見された死体はペギー・ソーンダーズかもしれない、とバグショーは聞いた――そしてもちろん、とっさに考えを巡らす必要があったんだろう。少しでも真実を話したら、真相を明らかにしなければならなかったはずだからね。『彼女はわたしの部屋に来て、関係を持ちました』と言う羽目になっただろう」

「そうかしら？　バグショーの行動自体は、そう悪いことではないはずよ」

「実際には、そう悪くはない」わたしは反論した。「だがバグショーは場を取り繕う必要に迫られた時、最悪だと思ったに違いない。いいかい、奴がバーマン警視正とふたりきりだったら、バーマンは少なくとも分別があるから、バグショーは本音を吐いたかもしれない。だが厄介にもぼくが一緒にいて、ぼくが警視を兄のように慕ってはいないと奴は気づいていた。バグショーは警視正の口の堅さは信用していたかもしれないが、ぼくが醜聞を利用しないとも限らないと思ったんだ。ねえ、キティー、バグショーを脅すことだってできるんだ。奴にこう思わせたと仮定しよう、警視は警視庁に噂を広められて皆から物笑いの種になるが——ぼくを次期に警部へ昇進させてくれるなら口外はしない、とね？　昇進と言えば、きみが警部になるためならぼくは一肌脱ぐよ。バグショーは要求にずっと従わなくてはならないんだ。奴は……」

わたしは口をつぐんだ。キティーがまったく話を聞いていないと気づいたからだ。

3

わたしは言った。「もちろん脅したりするつもりはないけれど、重要なのは、ぼくの意思をバグショーが知り得ないという点さ。奴はまさに脅迫される立場にいるんだ」

キティーはやや妙な目つきでわたしを見て、しばらく口を閉ざしていた。

そして彼女は言った。「わかったようね、ブライアン」

「ああ、ぼくはときどきひらめくんだ」わたしは言った。「バグショーは気の弱い男だろうから、目にものを見せてやるよ」

「だめ、違う」キティーが叫ぶ。「そうじゃないの。あなたの考えはばかげているわ。もしバグショーがバーマンに真相を——秘書との情事を——明らかにしたら、あなたが知っているかなんて気にしないわよ。だってバーマンが口止めするもの。だとしても、あなたは正しい考えに辿り着いたのね」

その時には、わたしはむしろいらだっていた。「『正しい考え』に辿り着いたのなら、なんでぼくの考えがばかげていることになるんだ？」

「それは、あなたの考えがひどく安っぽいからよ」キティーは反論した。「バグショー警視はあなたを恐れてなどいないわ。恐れてなどいないんだけれど、何か――実際には相当な――脅迫される要素がある。この十分間、話を聞いていてつくづくわかったんだけれど、バグショーが妙な行動に至った決定的な理由があるのよ。彼が紳士だからという理由だけではだめよ――実際には紳士ではないし、それが動機にはならないから。それにバグショーがペギーの名を汚したくないというわけでもない――いまは一八七〇年じゃなくて一九七〇年だし、彼女は亡くなったんだから。それにバグショーが秘書と関係を持ったからといって彼のキャリアに傷なんてつかない。女性的な魅力にあふれた秘書がいる幸運なお偉方なら、同じような経験があるんじゃないかしら。だから、この事件の背後はもっと込み入っているはずよ」

「例えば？」

「例えば、脅迫文のような」キティーは言った。

4

「ああ！」わたしは叫んだ。「思いもつかなかった。本気で言っているのかい？」

「もちろんよ」

「でもいったい誰が……」

「こう考えてみて、ブライアン。ペギー・ソーンダーズは気の多い娘じゃなかった。実際、これが初めての秘めた恋じゃないかしら――その積極的な行動からして。彼女はバグショーから長い時間をかけて口説かれて恋愛の深みにはまった。それで――ベルディーンにいる彼の元へ行き、まさに処女を失った。きっと翌朝には最高の幸せに浸っていたでしょう。次の日の夜もそうだったはずね。でも――これはあなたの推理よ、ブライアン――バグショーとペギーは喧嘩をした。彼女がバグショーに言いすぎたか言い足りなかったのか、知る由もない。とにかく言えるのは、ふたりが散歩の途中で何度となく喧嘩になった、ということよ。あなたが電話した時バグショーはとても気難しかったのを覚えているでしょう。意中の女性と夢中で二夜を過ごして、次の夜もそのつもりでいる男性だとは、あなたは思いもしなかったのよね。ところがふたりの関係に危機が訪れた。それでホテルの個人用の居間でペギーは思いのたけをぶつけた。天国から地獄に真っ逆さまでひどく辛かったはずよ。きっと思った以上に激しい口ぶりだったでしょうね。例えば、彼女と関係を持つことだけが目的だったんじゃないか、とか。それでも気が治まらなくて……バグショーに誘惑されたと訴える、彼との関係をバーマン警視正や警視監に話す、と言ったのではないかしら?」

「当然ながらバグショーは否定するだろう、それで奴の言葉に異を唱えるのはペギーしかいなくなる」

「でも彼もそのままにはしないはずよ。もし彼女がその話を広めたらそれが決定的となってバグショーは破滅してしまう。何としても彼女の口封じをしなければならなかったのよ、ブライアン」

合点がいったわたしは、妻を見つめた。

「なんてことだ！」わたしは叫んだ。「バグショーが彼女を殺したというのか？」

5

「そうとは限らないわ」キティーは言った。「実際にはペギーを崖から突き落としたりしてはいないかもしれない。でも彼女の亡くなり方について何かを知っているように思えて仕方ないわ。彼らが激しい喧嘩をしたと仮定するわよ。ベルディーンまで誘っておいて、ふしだらな女のように扱うなんてひどい、と彼に食ってかかった。彼女は関係を無理強いされたように感じたはずよ。彼は当然、否定するでしょうね、ペギーは自分の意志で来たのだと言って。でもその頃には彼女の気持ちもすっかり変わってしまった。その結果、部屋を飛び出しホテルから出た。バグショーはなだめながら追いかけた。ふたりとも行くあてはなかったけれど、喧嘩を続けているうちに崖の上まで来てしまって、彼は引き留めようとして両手で彼女をつかまえた。ひょっとしたら元の鞘に収めたくて愛撫したのかもしれない。それで怒りと苦しみでわれを忘れたペギーは彼から逃げたのよ。そして柵につまずいてバランスを崩し、崖から落ちた」

「そうか！」わたしは叫んだ。キティーが臨場感たっぷりに説明したので、その様子が目に見えるようだった。それからわれに返った。「でも、それじゃ殺人にならないよ」

「もちろん殺してはいない。でも殺人に見えるし、告訴されたらバグショーは反証を挙げられないのよ。故殺で訴えられる可能性もあるわ。いずれにしろ身の破滅よ。実際のところは潔白だとしても、すべてが崩壊する。だからミス・ソーンダーズとの関係を否定するしかなかった。彼女は秘書以外の何者でもなかった、と主張する以外ないのよ」

「それでバグショーが許されるはずがない」わたしは抗議した。

「でも許されるのよ。ブライアン、あなただってホテルに行く途中の彼女に出くわさなければ、バグショーを疑わなかったはずよ。バグショーはバーマンに話した時と同じ嘘をつくだけで良かった。ひとりでザ・ベルボイ・ホテルの訊き込みをしたと信じさせるだけで良かったのよ。フロント係が『ミセス・バグショー』についてあなたに話した時にはバグショーは困ったでしょうけれど――影響は微々たるものだった。ホテルの支配人――彼の旧友――がミス・ソーンダーズは滞在していなかったと証言した、というバグショーの報告で帳消しになったからよ」

　わたしはしばらく黙って、熟考した。

「これまで奴は罰を逃れている」わたしはようやく言った。「結局バグショーは咎められずに済むわけだ。いままでの訊き込みはすべて虚偽扱いになるだろう。ぼくたちはこれからブライトン中を当たってペギーの宿泊先を探すんだ……バグショーもぼくも、彼女がそこに滞在しなかったと知っているのに。ザ・ベルボイ・ホテルで正しい情報を得ようとしても、阻止されるはずだ……そして奴の目を盗んで訊き込みができたとしても、元警部補のルッカー支配人にはぐらかされる。だからこの事件が迷宮入りになるまで、ぼくたちは時間を無駄にするんだ」

「あなたがそれ以上知らないのなら、その通りになるでしょうね」キティーが言った。

「これ以上、何ができる？」わたしは尋ねた。「バグショーが手の内を明かさなければ、ぼくが――それにきみも――辞表を出すことになる。打つ手がないよ」

「ねえ、バグショー警視に心理戦を使うのはどうかしら。きっと彼はそうとう神経質になっているわ。万事に漏れはないと思いながらも、綻びが出るのではないかと気が気じゃないはずだもの」

「ああ、確かに警視はそんな感じだ。月曜日の朝からやたらと口数が多い……その前夜からかもしれない。いつものバグショーらしくないし例の目くばせも見かけない。でも奴はノイローゼになるかもしれないが、真相を打ち明けたりはしないだろう」

「しないでしょうね」キティーは言った。「でもこれだけのことを知っている以上、手をこまねいてはいられないわ。ブライアン、洗いざらいバーマン警視正に話すべきよ」

第十一章　バーマン警視正の活躍

1

それはわたしの主義に反した。密告は反則であり、清廉潔白な人間は決してしてはいけない、と学生時代から肝に銘じていた。警察官になってからも、事あるごとに言葉を選んでいたので、手柄は人のものになったが上司には気に入られていった。告げ口をするつもりはない。それを自慢するつもりもない。わたしが原理原則に従う人物だというだけのことだ。

だからバグショーについてバーマン警視正へ告げるのは気が進まなかった。

しかしキティーはそう思っていないようだった。自身は密告をよくするわけではないが、それが彼女の原理でもなかった。そもそもそういう点を考えないからこそ、彼女がいうところの常識の観点から、今回のような特殊な例で告げ口を検討できるのだ。

その点に関してはわたしに厳しい。「ブライアン、どうかしているわ」彼女は声を荒げた。「清廉潔白でも、ひとつの得にもならない……とっくに時代遅れで……どうでもいいことだわ。わたしたちはいま正義が脅かされている状況に直面しているんだから、改善しなくちゃならないの。できることはふたつ。ひとつはバグショーに嫌がらせをすること。効果なしで、却ってわたしたちが窮地に陥るかもしれない。もうひとつは、バーマン警視正へ責任を委ねること。彼ならわたしたちよりはるかにうまく対処する方法を知っているでしょうからね」

わたしは言った。「自分から動くほうが気が楽だ。それで窮地に陥いるようなことになっても。任務を最優先するために犠牲になった、と慰めになる」

「困ったものね」妻は言った。

2

わたしはバーマン警視正の執務室に電話をかけ、面会してくれるよう頼んだ。警視正は驚いた様子だった。「バグショー警視からの報告書をもう持ってくるのかね？　こんなに早いとは思ってもみなかった」

「そういうわけではありません」わたしは応えた。「ですがキティーが、どうしても――その、お話したほうがいいというものですから」

「なら聞かねばならないな。キティーが誤ることはめったにないから。よし、ブライアン、来たまえ。ともかく話を聞くとしよう」

「ありがとうございます。くれぐれもふたりだけということでお願いしたいのですが……」

「きみも気を持たせるね」バーマンが言い返す。「すぐ来たまえ、ブライアン。不安や憶測にとらわれたまま待たされるのは性に合わない」

3

部屋に入ると、バーマン警視正は半分おどけた様子で目を上げた。だがわたしが話し始めると、彼の表情は一変した。

話せることはすべて話した。バーマンは熱心に聞き入り、詳細を確認するために何度か口を挟むだけだった。

わたしが話し終えると、彼は座ったまま気詰まりなほど長い時間、黙り込んだ。

それからバーマンは言った。「なるほど」そしてまた黙り込んだ。その後に実に厳めしく言った。「ブライアン、きみに刑事の基本を教えたのは確かわたしだったな」

「はい、もちろんです」

「ほお、覚えているか？　それじゃあ、警察での事件では証拠こそが重要だ、とわたしがいつも言っていたのも覚えているかい？」

「もちろんです」わたしは再び言った。

「わかった。それを覚えていながら無視しているんだな。職務に徹する警視に対して、きみは証拠もないまま無礼極まりない言いがかりをつけているのに、それを当然だと思っている」

わたしは言った。「その——もちろん実際の証拠はまだなくて、いまのところはキティーと話し合った推理の段階です。細かい点に違うところはあるかもしれませんが、この推理が正しい確率は高いです。いずれにしても、バグショー警視を犯人と断定する、否定できない事実がいくつも明らかになっています」

「否定できない事実だって？」バーマンは繰り返した。「さっき話さなかったじゃないか」

「バグショー警視は、ミス・ソーンダーズの週末の行く先を知らない、と警視正に言った時に嘘をついていたんです。そしてベルディーンで彼女を見かけなかった、と言った時に再び嘘をつきました」

「彼の発言が嘘だという証拠はあるのかね？」

「もちろんです。わたしは彼女がホテルに入るのを見て、そして——」

バーマンは口を挟んだ。「待ってくれブライアン。きみがホテルに入る若い女性を見て、見覚えがある気がする、と思ったのは理解する。だがすぐには彼女が誰かは思い出さなかった。きみが『治安維持機関《フォース》』と言ったのを警察と解釈したので、疑い始めたのだろうが、彼女は読んでいた推理小説の台詞《せりふ》から学んだかもしれないじゃないか。だから治安維持機関《フォース》に所属しているのを否定し、きみを知らないと言ったとしても、その女性がバグショー警視の秘書で、彼と密通していると考えるのは性急すぎる。実際にバグショー警視も否定した。だがきみは彼を信用せず、嘘をついていると訴えるばかりだ。金曜日の夜にきみが見覚えのある女性に会った時、ミス・ソーンダーズはベルディーンへ行っていなかったかもしれないとは——いまも——思わないのか？」

その言葉にわたしははっとした。一秒後にわたしは言った。「とにかく彼女は日曜日の夜にそこにいて、そこで命を落としたんです」

「その近くでだ」バーマンが訂正した。「ベルディーンである必要はない。それに、きみが彼女と会ったと主張する日から二日後だ。金曜日の夜に彼女がベルディーンにいたという証拠はないのかね？」

「でも――お言葉ですが警視正は誤解しています。わたしはペギーだとわかりました――すぐにではありませんが数分の内に。いまでも確信しています」

「ほお、なるほど」バーマンが言う。「だがわたしが言っているのは、きみの確信についてではない。証拠について話しているんだ。きみから示された全証拠から類推すれば、ミス・ソーンダーズがザ・ベルボイ・ホテルに滞在していないことがわかる。その点での証人は、ホテル支配人、バグショー警視、そしてきみと……きみが通りで話をした見ず知らずの若い女性。女性は警官ではないと言い、それが事実ならその女性はミス・ソーンダーズではない。きみは女性を見ても始めは気づかなかったのだから、その女性がミス・ソーンダーズとよく似ているとしか言えない。支配人はミス・ソーンダーズがホテルに滞在していないと言っているし、宿泊していたバグショー警視は、彼女を見ていないと証言している。このように証拠が不足しているにもかかわらず、きみはミス・ソーンダーズに会い、彼女はホテルに宿泊し、バグショー警視の恋人だと主張するのかね。そしてバグショー警視がわたしに嘘をついたとまで言う。ブライアン、きみの会った女性がミス・ソーンダーズ似の赤の他人なら、バグショー警視が嘘などついていないと気づかないのか？」

わたしは言った。「それではフロント係はどうですか？　彼女は『ミセス・バグショー』について話してくれました」

「きみが電話で聞き間違えたか、フロント係の手違いだろう。もしくはベルディーンで家族の集まりがあって、バグショー警視の母親か義理の姉の『ミセス・バグショー』がいたのかもしれない。それに、もちろんバグショー警視の週末の楽しみに女性の連れが――秘書ではなく――いた可能性もある。きみが主張するような結論に至る前に排除すべき点が存在するぞ」

4

「ええ、そう思います」わたしは言った。「わたしはただ、覆《くつがえ》しがたい事実に達する前に選択肢を排除する必要があると言いたいのです。ですがそこにはあまり注意が向けられませんよね？結局われわれが把握しているのは、ペギー・ソーンダーズがベルディーン付近で殺されたことだけです」

「いや」バーマン警視正が言った。「われわれが把握しているのは、彼女が死んだということだけだ。きみの推理では――もしくはキティーのか、いずれにしても――殺人には至らない」

このベテランは実に頑固だ。

「そう思うのでしたらどうぞ」わたしは言った。「とにかく、日曜日の夜に彼女はベルディーンの近くで亡くなった。でも、言わせてください、彼女はスーツケースを持って金曜日の夜にザ・ベルボイに入っていきました。その夜に誰かと楽しむと明言して。彼女はバグショー警視の秘書で、彼は同じホテルに滞在していました。フロント係は『ミセス・バグショー』について話していたので、彼が女性同伴だったのは確かです――ペギーがバグショー警視の部屋に滞在して、彼女を妻と呼んでいたという仮説は実に合理的で排除できないのではないですか？　それに、その仮説が事実でないなら、バグショーと一緒にいた女性はどこに行ったんですか……そして金曜日の夜から日曜日の夜までミス・ソーンダーズはどこにいたんでしょう？」

「そう、それだよ」バーマンは言った。「その指摘はもっともだ、ブライアン。早急に確認すべき問題事項で証拠が必要だ。きみがミス・ソーンダーズの写真を持っていたら、裏付けも容易になるはずだ」

「そうだと思います」わたしは言い返した。「ですが実際には無理です。バグショー警視がそこかしこで訊き込みを阻止するでしょうから」

「なるほど。きみの推理全体に根拠がないように、その意見にも根拠がないぞ……さっきも言ったがね。だが可能性があるなら、危険を――あくまでも小さな危険を――冒してでも、正義が揺るがされるのを無視するわけにはいかない。そこでわたし自らサセックスへ行って事件の捜査に当たることにしよう。それぞれが先を争って捜査するのは望ましくないし時間の無駄だから、バグショー警視にはバーケット巡査部長を助手につけて、ブライトンでミス・ソーンダーズの捜索をさせる。その間わたしはきみを連れてベルディーンでの訊き込みに集中するとしよう」

第十二章　不確実

1

写真を見つけるのにその日いっぱいかかり、その複製を作るのには担当の手で夜通しかかった。それでバーマン警視正とわたしは翌朝まで出発を遅らせた。バーマンの指示でバグショー警視へ電話を入れたが、外出中だったので伝言だけを残した。

バーマンとわたしがブライトンの警察署へ行くと、バグショーの本部として割り当てられていた部屋へ通された。バーマンの姿を見たらバグショーはひどく動揺するだろうとわたしは予想していた。バーマンの到着は、強い疑いとまではいかなくとも、少なからぬ不信を意味しているからだ。だが驚いたことに、バグショーはそのような素振りはまったく見せなかった——むしろ、この事件の捜査が始まってから一番といっていいほど、かなり穏やかで陽気だった。

「これはこれは、バーマン警視正」バグショーは大きな声で言った。「よく来てくださいました。この事件は非常に難解で、あまり進展しているとは思えません。継続中の市民への訊き込みの時間短縮を図るために、まさに斬新なアイデアが必要なのです。何かお知恵はありませんか？」

「いや、きみが難儀していることを解決できるほど、わたしは賢くないよ、バグショー警視」バーマンは応えた。「当然ながら婦人警官の殺人事件はニュースになっていて、きみもじきに気づくだろうが、新聞記者がこれから厄介な存在になりそうだ。ザ・テレグラフ紙はすでにこの事件について社説を載せた。警視庁は内部の犯行も視野に入れており、警視正が現場で指揮を執るはずだ、と示唆していたよ。さあ、捜査報告をしてくれないか。助手が待機する部屋があるなら、バーケット巡査部長からアーミテージ警部補へ経過を伝えてもらおう」

2

それでわたしはサム・バーケットと部屋を出た。彼はいつもよりさらに陰気で不機嫌に見えた。

「バグショーに苦労しているのかい？」わたしは尋ねた。「ぼくが立ち去った頃は彼は気難しかったのに、いまは驚くほど積極的になっているように見える」

「おれの目にはそう変わっていない」バーケットがぼやいた。「面白い仕事を何ひとつくれないし尋ねても相手にしてくれない。ポーツレードへ行くよう指示を受けたよ。そこから訊き込みを始めて戻ってくればいいと言われたんだ。この辺りの人は皆、簡易宿泊所を営んでいるようで、昨日の午後いっぱいかけて、やっとのことで短い通りを六つほど訊き込みをした。そして当然ながら収穫なしだ」

「何故『当然ながら』なんだい?」

バーケットは肩をすくめた。「おれは幸運に恵まれるタイプじゃない。つまり別の誰かが手柄を立てるのさ」

「今回はそうはならないよ。もしバグショーが街の他の場所を担当したら……彼は一緒じゃなかったんだろう?」

「別行動だった。どこへ行ったのか神のみぞ知るだ。地元警察の巡査部長の部下たちを訊き込みに行かせて、彼はひとりで出かけていった。おれが戻ってもまだ外出していた――推測だが一晩中出ていたんじゃないかな。今日の朝九時にバグショーが戻ってくるのを見たよ」

それについて突っ込んだ質問を二、三したかったが、わたしの立場をバーケットに譲るわけにはいかない。それに推理を口外しないようバーマンに念を押されていた。

しかし質問しないでは、バグショーが行ったであろう――おそらく夜を過ごしたであろう――場所を見つけようがないし、彼が何に勇気づけられたのか知る由もない。警視は手がかりを隠していて、身の安全が保証されたと安堵したのだろうか?

3

バーマン警視正と再びふたりきりになると、わたしはすぐにバグショー警視の外泊を報告した。

彼は言った。「なるほど。きみの言いたいことはわかるぞ、密通の果てに秘書を崖から突き落とした――そしてあろうことか――彼は新たな女性と付き合い始めている。つけ足すことはあるかい、ブライアン。彼が二人目の犠牲者を出す可能性はあるかね？」

「いや！　そこまでは思っていませんが、その推理は少し回りくどいですよね？　つまり、証拠がないですし――」

「その重要性にやっと気づいてくれて嬉しいよ。ところで、バグショー警視が一晩中いなかったと誰から聞いたんだね？」

「バーケット巡査部長からです」

「そうだと思った。バグショー警視とは馬が合わないらしい。警視からバーケットへの不満を聞かされている――それも無理はない――バーケットは陰気で内向的で不愛想だからな」

「仕方ないですよ」わたしは言った。「バーケットも気の毒に。奥さんとうまくいっていないんです。いま彼の奥さんはブライトンに滞在中で、会えば小言を言われるので彼は落ち着かないんです」

「なるほど」バーマンは言った。「しまいにはバーケットが崖から奥さんを突き落とすと予想しているのかね？」

わたしは笑った。バーマン警視正の口調が至って厳かだったのは、わたしを笑わそうとしてのことだろうと思った。

4

「きみも気づくと思うが」少ししてバーマンは言った。「この事件で信頼できる唯一の目撃者は――唯一の目撃者と思われるのは――きみだな、ブライアン。報告によると、きみは金曜日の夜にベルディーンで若い女性と会い、その女性がザ・ベルボイ・ホテルに入るのを見た。ロンドン在住のその女性は、確か休暇を過ごすためにブライトンからバスでベルディーンまで来て、それからは歩いていたのだったな。きみは手始めにミス・ソーンダーズの写真を持ってバスの車掌に訊き込みをしてくれないか」

「その必要があるでしょうか？　彼女がベルディーンに着いたのは把握済みです」

「把握しているのは若い女性が着いたという事実だ。その女性がミス・ソーンダーズでなければ、誰なんだ？　それにその女性が別人の場合、いつどのようにしてミス・ソーンダーズは現地に到着したんだね？」

5

バスの車掌は写真を見ると言った。「ああ。前にも見ましたよ。どこだったかな……？　思い出しました。アーガス紙です。殺された女性ですよね？」

警察にとって身元確認が台無しになるこの手のことはよくある。告発の際に弁護士がよくこの手を使う。

「新聞はいったん忘れてください」わたしは言った。「この若い女性があなたのバスにブライトンから乗車しましたか？」

「若い女性はいましたね。元気な感じの人で、機嫌が良さそうでした。それにこの写真のように美しかった」

「アーガス紙で写真を見たのなら、何故連絡してくれなかったんです？」

「あまり目に留めていなかったからです。写真の女性ではなく、午後三時三〇分のレースの結果を見ていたんで。こうして目の前で写真を見るまで気にしていませんでした」

「わかりました。それでいまは？　金曜日の夕方にあなたのバスに乗ったのはこの女性だと証言してもらえますか？」

車掌は再び写真を手に取って念入りに見た。「表情が硬いな？　わたしが見かけた時は笑顔だったんでね。彼女のような気がしますが、断言はできませんね、あいにくですが」

これでは期待薄だと思ったが、バスの乗客の中でベルディーンで降りた男性を、車掌は紹介してくれた。その男性を見つけて写真を見せると、相手はこう言った。

「ああ、はい。確かに彼女を見ました。魅力的でしたから。流行りのスーツケースを持っていたので、ひとり旅か男性の連れがいるのか考えましたよ……もし連れの男性がいるなら、うらやましかったですね。ぼくでなくて残念だと思いました」

「女性がバスを降りた時、一緒に降りましたか?」わたしは期待して尋ねた。

「まさか。ブライトンの街で女性を誘うのとは訳が違いますからね。声をかけようとしただけで通報されかねません。自分の身が大切なら、相手がどんなタイプか想像しないと」

「とにかく、この女性がバスに乗っていたのは確かですね?」

「ええ、双子の姉妹でもいれば別ですが」

6

わたしは訊き込みに手応えを感じつつバーマン警視正へ報告した。

「なるほど」彼は言った。「これは興味深いな、ブライアン。わたしの駅での訊き込みも同じ結果だった……だが新たな情報がなかった。鉄道の検札係とバスの運転手、どちらかというと女好きな車掌の知人、そしてきみ……訊き込みを集約すると、金曜日の夕方にベルディーンへ来た若い女性はペギー・ソーンダーズに驚くほど似ているとわかった。だが彼女だと断言できる者はひとりもいない。きみはまたザ・ベルボイへ入る若い女性を見た。だがホテルの中では誰も彼女を見ておらず認識もしていない。バグショー警視も支配人も、フロント係もスタッフも。これは少し奇妙じゃないか?」

「彼女がホテルで確認されていないというのは、バグショー警視のみの見解です」わたしは反論した。「警視は単独で訊き込みをしましたが、その際に写真を持っていませんでした。言葉で特徴を挙げただけです――そしてその気になれば、話をでっちあげられます。というか、そもそも特徴を挙げる必要もないですよ。それに、フロント係やスタッフに訊き込みをしたかどうか。われわれは支配人の言葉を報告されただけで――その人物はバグショー警視の旧友です」

バーマンが言った。「それなら、次の目的地はザ・ベルボイ・ホテルだな。行くとするか」

第十三章　支配人夫妻への訊き込み

1

ミスター・ルッカーは、ホテルの食事が良いと宣伝しているような体格だ。機敏な警察官時代にはそうでなかっただろう、そうとうな太鼓腹をしている。比例して容貌も変わったらしく、支配人は非常に愉快な男性で――わたしは頭の中で彼に口髭と赤い服をつけさせて、子供会のサンタクロースのようだと思った。

バーマンとわたしが支配人室に入った時、ミスター・ルッカーは机に座り帳簿をつけていた。隣には彼の妻と思しき、同じくらい恰幅のよい女性が座っている。ミスター・ルッカーが明るい表情を崩さずに数字と格闘しているのに対し、女性は数字に辟易している様子だったが、ふたりの男性客と思われる人物に気づくとすぐさま表情を変え、魅惑的な笑みを浮かべた。すかさずミスター・ルッカーも福々しい笑顔を見せる。

「おはようございます。いらっしゃいませ」彼は大きな声で言った。「何かご用ですか？」

バーマンは言った。「ロンドン警視庁のバーマン警視正です。彼は部下のアーミテージ警部補です」

「ほお？　これはようこそ、ミスター・バーマン。ご存じかと思いますがわたしも以前警察にいて、退職前は警視庁の西地区勤務でした。ですから警官の方々にお越しいただくのはいつでも大歓迎です。実は警官の常連のお客様を作りたいと切望してまして。警官は職業柄不機嫌になりがちで気分転換を必要とします。そのために週末や長期休暇で静養するのを、わたしは誰よりも知っていますから。ここでわたくしどもが提供できるものとしましては――」

「なるほど」バーマン警視正は言った。「実はここへは仕事で来たんですよ、ミスター・ルッカー。いつもは客に静養する場を提供しているのでしょうが、ついこの間、ここから目と鼻の先で殺人事件が起きました」

「確かに。実に不運です。崖から落ちた若い女性の事件ですね？」

「ミス・ペギー・ソーンダーズ、むしろソーンダーズ女性捜査部巡査といったほうが良いですね」

「新聞で読んで、さらに気の毒に感じました。彼女はここへは仕事で来たのですか？」

バーマンが切り返す。「すると、彼女はここに来たのですか？　宿泊しましたか？」

「いえいえ。この辺りに来ていたのか、という意味です。彼女は任務で来ていたのですか？」

「ミス・ソーンダーズは週末の休暇でここへ来ていました。おそらく――あくまで可能性ですが――連れがいました。そのために本名では宿泊していないはずです。ですからこのホテルには宿泊していなかったとおっしゃいますが、断言はできないはずです。この写真を見てください」

ミスター・ルッカーが写真を手に取ると、女性も横から覗き込んだ。

「おっと」支配人は言った。「紹介しそびれて失礼しました。こちらは家内です。一緒に見て差し支えありませんか？」

「むしろ助かります」

支配人はじっくり写真を見た。「美人ですね」しばらくしてそう言うと、妻に話しかけた。「なあ？」

「ずいぶんお若いのね。かわいそうに。むごい話だわ」

支配人は言った。「勤務中ならまだ納得がゆくのに。それにしても妙ですね、警察では悪い仲間を避けるよう若い女性に教育していないのですか？」

「伺いたいのはそれです、ミスター・ルッカー。どんな連中と一緒にいたか。彼女はここへは宿泊していないとおっしゃいましたね。ですが、彼女の生きている姿が確認された最後の時間は――殺人犯は別として――金曜日の午後七時三〇分で、このホテルに入ってゆくところだったんです」

「まさか？　彼女はここに滞在していませんし、当日の夜はディナーのみのお客様もいらっしゃいませんでした。もちろん飲み物を求めて立ち寄られた可能性はありますが――姿はお見かけしていません。その頃はちょうど人手がなく――少人数のほうが経費節減になるので、できるだけ雇わずに済ませています――その日の夜もわたしはバーカウンターを担当していましたが、彼女を見ていないのは確かです」

「なるほど」バーマンは言った。「でも彼女が――または彼女に限りなくよく似た女性が――ホテルに来たのは間違いありません。その女性はスーツケースを持ち、ここに泊まるのだと話し、玄関口の階段を上がるのを目撃されています。このホテルに宿泊するとほのめかしていたのです」

バーマンはわたしのほうを向いた。「そうだったね、警部補?」

「ええ、そうです。明らかに連れがある様子で、有頂天になっていました」

わたしをちらりと見たミスター・ルッカーは、その時初めて顔を曇らせた。

「まあまあ」支配人は言った。「少し話が先走りしていませんか? 少しのおしゃべりや表情でそこまで決めつけられないはずですよ」

「そうでしょうか?」わたしは反論した。「何も法廷で証言しているわけではありませんが、状況からして事実なのは明らかです」

バーマンが言った。「この案が気に入らないようですね、ミスター・ルッカー。何故です――この女性を知らないのに?」

「警部補の推理では、この女性は――もう彼女自身は口をきけませんが――わたしのホテルで密会をしていたことになります。そういうことはないとは申しません、時にはあります。ですが証拠もなしに決めつけるのはいただけませんね」

「ホテルの名に傷がつくとおっしゃるのですか? でもときどきあるのなら……彼女と会った可

能性のあるスタッフはいませんか？」

「いや、誰もいません——少なくともわたしが思うに」もしわたしがこの事件を指揮していたら、この発言に鋭く食いついたはずだが、バーマン警視正には独特の慎重さがある。彼は言った。「当夜の宿泊者を教えていただけますか」

支配人は宿泊名簿を前に押し出した。

「お客様の名前がすべて記載されています」彼は言った。「ライアート夫妻と三人のお子さん、息子さんひとりにお嬢さんふたり。三寝室お使いになりました。このご家族のことはよく知っています。以前にも二、三度宿泊なさいました。そしてウィナント夫妻、二度目のご宿泊です。そしてクラークソン夫妻、こちらは初めてのお客様でした」

ミスター・ルッカーはそこで説明を止め、妻に目をやった。その表情から判断するに、支配人に迷いが生じて助けを求めているようだった。

「他には？」バーマン警視正が尋ねる。

何気なさを装って支配人は言った。「ああ、もちろんミスター・バグショーもいました」

「バグショー警視のことですね。彼はひとりでここへ？」

「そうですね——彼はダブルベッドのあるふたり部屋に宿泊していました。ほら、ここに名前が」

逆さまのままの名簿を読んだ。バーマンもきっと読んだはずだ。それはこう読めた。「バグショー夫妻」

バーマン警視正は言った。「ロンドン警視庁ではバグショー警視は独身で通っています」

支配人が言った。「え、そうですか？　なら……きっと独身なのでしょう。そういうことなら。お客様には立ち入った質問はしませんので」

「われわれも実際に知っているわけではありませんが」バーマンは言った。「しかし――」

わたしは言った。「失礼ながら、バグショー警視は二か月前には確かに独身でした」

「それこそあなたの推測では、警部補？」支配人が尋ねる。

「推測ではありませんよ。彼自身の言葉ですから。わたしは警視庁でクリスマスに開かれる歌の発表会にかかわっていました。バグショー警視がふらりと来たので、警視の機嫌を取ろうと思って話しかけたんです。予定している発表会について話し、どうか見に来てくださいと頼みました――奥様も一緒にどうぞ、と。すると警視が言ったんです。『それは無理だ、警部補。妻はいないから』と。はっきりしているでしょう？　未婚か既婚かは警視自身が知っているはずです」

2

「それ自体は問題じゃない」バーマンが言った。「われわれには関係のないことだ。バグショー警視はきみに未婚だと伝えた後に結婚したかもしれないよ、警部補。ひょっとすると新婚で、ここへ短いハネムーンで来たかもしれない。とにかく彼はここへ金曜日に来て、『ミセス・バグショー』も名簿に記載しました。われわれが気にかけているのは、ミス・ソーンダーズが当夜ここにいたのかどうかという点です。支配人は彼女を見かけなかったと言いましたね。とにかく彼女はミセス・ライアートでもミセス・ウィナントでもありません。ふたりの顔をあなたは確認したのですから。ミセス・バグショーやミセス・クラークソンも確認しましたか？」

「疑っているのですね」支配人は応えた。「もちろん確認しています。でも――とにかく、ミセス・バグショーをこの週末に数回お見かけしましたし、写真の女性とは似ていないと申し上げられます」

ミスター・ルッカーは妻のほうを向いて言った。「おまえもそう思うだろう」

「ええ、もちろんよ。この人はミセス・バグショーではないわ」

「なるほど」いつものように疑っているような口調でバーマンは言った。「ミス・ソーンダーズがこちらのスタッフの元を訪ねた可能性はありませんか？」

「住み込みのスタッフはいません。勤務は日中のみです」

「するとミスター・クラークソンだけですか。少し前に、女性が夜を過ごす相手はいないと主張なさっていたのを覚えていますが、『少なくともわたしが思うに』と言った時、微かにためらっていましたね。それはミスター・クラークソンのことを言っていたのですか？」

支配人は逡巡してから言った。「いま警部補が証拠もなしに汚名を着せようとしているのに同調したくありませんが、確かにミセス・クラークソンは見たことがありません」

「滞在したにもかかわらずですか？」

「滞在すると予約したにもかかわらず、です」

「つまり彼女は来なかった?」

「正直なところ、どうだったかわかりません。ミスター・クラークソンはダブルベッドのあるふたり部屋を三泊分、電話で予約なさいました。金曜日の午後五時三〇分に到着してチェックインし、奥様が後で到着するとおっしゃいました」

支配人は再びためらったのでバーマンが促した。「それで?」

「ミスター・クラークソンがルームサービスを注文したので、サンドイッチとビールをふたり分お持ちしました。妻とふたりでいるので部屋へは誰も来ないでくれ、と頼まれていました。もちろんそれ自体はよくあることです、しばしば――」

彼は再び言い淀んだので、わたしは言った。「週末の情事ですか? そうですね?」

「そう勘ぐりはしますが、わたしには関係ありません。ここへ来た男女に結婚証明書を見せてもらうわけにもいきませんし。それに礼儀をわきまえたカップルで、ラウンジでいちゃついたりしなければ目をつぶっています。それでも訳ありだと感じた時には機転を利かせてその部屋へ近づかないようにし、客室係のメイドにも朝の清掃ではその部屋を最後にするよう指示します。そういうカップルは朝食など頭に浮かばないらしく……」

「なるほど」バーマン警視正は言った。「ですが、ミセス・クラークソンが来たかどうかご存じないのは何故です?」

「誰も夫人を見ていないからです。夫人は金曜日の夜のディナーの時間に到着し、ミスター・クラークソンに促されてすぐ二階へ上がりました。そして朝までふたりきりでした。おそらくそういうことだったのですが、何分にも証拠がありません。何故かというと翌朝メイドが寝室をノックした時に返事がなかったからです――ご夫妻がまだベッドにいたらすぐに退室するつもりで、メイドはおずおずと部屋へ入りました――ですがふたりはいませんでした」

「夫妻は代金を払わずに出ていったのですか？」

「直接のお支払いはありませんでした。チェックアウトは月曜の朝のご予定でしたから。ですが、その件でミスター・クラークソンに申し立てをすることはございません。サイドテーブルにポンド紙幣四枚の入った封筒がありましたので。当然ながら残りの二晩の予約は取り消しました」

「ビールとサンドイッチを食べ終えていましたか？」

「いいえ、手つかずのままでした。ベッドを使った形跡はありましたが」

「ひとりですか、それともふたりで？」

「それは説明が難しいですね。寝相の悪い人物が最初にひとつの枕を使って、それからもうひとつの枕を使ったかもしれませんし、ふたりが寄り添って一晩中ひとつの枕を使ったのかもしれませんから、何ともいえません。客室係には気づいたことがあれば言うようにと伝えてありますが、いままでのところ役立つ報告はありません」

「なるほど」バーマンは言った。「スタッフが出勤するのは朝の何時ごろですか？　それからあなたと奥様が起きて一階に行く時間は？　その時間次第でクラークソン夫妻は誰にも見られずにホテルを後にできるのでは？」

「スタッフは午前六時三〇分には出勤することになっていて、わたしもその頃に一階へ行きました。ちなみにその時に正面玄関が開いていて、かんぬきが外されていることに気づきました。ですが取り立てて特別なことではありません。朝早く海水浴にお出かけになるお客様がときどきいらっしゃいますから」

「それにしても早すぎるのでは？　誰が外出したか、残っている宿泊客に尋ねたりはしないのですか？」

「いいえ」ミスター・ルッカーは応えた。「特に興味はありませんので――クラークソン夫妻が出ていかれたので、こちらとしてはそれで終わりになりました。よくよく考えたらライアート家のご子息だったかもしれないとは思います。ですがそのかたは何も言いませんでしたし、ホテルの方針としてお客様がどう楽しまれようと口を挟みませんので」

バーマンはミセス・ルッカーのほうを向いた。「あなたも尋ねなかったのですね？」

「それどころではありませんでした」彼女は応えた。「二泊分の代金も、新たな予約も見込めませんでしたから。でも仕方ありません。わたしにできたのは、スプーンとフォークを数えて、ホテルの備品が持ち去られていないのをしっかり確認することくらいでした。もっとも、お金を置いていったくらいですから取り越し苦労でしたが」

「それで、クラークソン夫妻が立ち去った理由に心当たりはありませんか？」

「あまりありませんね。そういうことは考え出すと切りがないですから」

3

その頃には、うまくはぐらかされている感じがした。もちろん予想通りではあった。バグショーがペギー・ソーンダーズの訊き込みに関してルッカーと共謀していたら、何を訊かれても、ルッカーは白を切るだろう。支配人はバグショーを庇っているだけでなく、バーマンの気を逸らそうとしている。クラークソン夫妻の話は実にうまくできている。ある人物がホテルを後にする時――住所の記録がないので電話で予約をしたのだろう――支配人はその男性に都合の良い話をして矛盾がないようにする。

もちろん、バーマン警視正が騙されるとはこれっぽっちも考えなかった。いかにも興味がありそうに一、二分ほど訊き込みをして、嘘をついているに違いないルッカーを窮地に追い込むつもりだったのだろう。

だがバーマンには急いでほしいとわたしは願った。彼が若い時は――六、七年前なら――もっと自信家だった。この訊き込みの前に不意打ちをして、いま頃ルッカーは共謀していたと認めていたはずだ。そしてバグショーがペギー・ソーンダーズと夜を共にした事実が明らかとなり、彼らの仲違いを知っていたか、支配人を追及できただろう。

4

バーマン警視正が煮え切らず、捜査の方向性を見失っているようだったので、わたしは言った。「まず『ミセス・クラークソン』と名乗った若い女性について調べてみて、捜査対象から外しませんか？　支配人、確かその女性はひとりで来たのですよね、ミスター・クラークソンが到着した一時間後に――」

「いらしていたら、ですが」ルッカーは言った。

「その通りです。その女性が来たと仮定しましょう。このような時、つまり一緒に来ない場合、その女性はブライトンの道端で知り合った売春婦とは考えられませんか？　そしてクラークソン氏は相手が好みではないと気づいて、三泊はしないと決めた。だがふたり部屋の三泊分の代金を払いたくなかった。そこで、できるだけ早い時間に女性をホテルから出させ、彼も同じ時間に出ていった。つじつまが合いますよね？　行方不明のミス・ソーンダーズは捜査部の巡査で、娼婦ではありません」

支配人は言った。「それは想像の域を超えていませんね。ミセス・クラークソンについては何も証拠がありません」

「われわれには証拠などいらないんですよ」わたしは主張した。「その女性は本件とは無関係なので、追跡する必要などありません」

「賢い捜査とは」ルッカーが言い返す。「あらゆる可能性を追求して証拠を得るものです。警視正、あなたは経験から同意見のはずです。わたしには推理が偏っているように思えます――あの夜、ホテルに来たとされる若い女性に――わたしも認めますが――ミセス・クラークソンという女性が存在します。わたしがこの事件を担当していたら、女性が実際にはひとりかふたりか、そして事件にかかわっているのかいないのかを確認したはずです」

「ええ、そうでしょうとも」バーマンは言った。「その点を見過ごすつもりはありませんよ、ミスター・ルッカー。ところで、よろしければバグショー警視がミス・ソーンダーズの件でここへ訊き込みにきた日時を教えてくれませんか？　彼はその頃には彼女の写真を持っていませんでした。にもかかわらず、ミス・ソーンダーズはここに来なかったとあなたは断言したご様子です。となると、ミセス・クラークソンについてのあなたの疑念をバグショー警視には話さなかったのですね？」

ルッカーは再び妻に目をやった――さらなる助け舟を求めている、とわたしは思った。そして彼女は彼を援護した。

「ご説明するまでもありません」支配人の妻は言った。「ホテルで日常的に起こる厄介事のひとつに過ぎず、忘れてしまうのが一番なんですから」

「その通り」ルッカーが言う。

「それなのに」バーマン警視正は言った。「今日わたしには話してくれたのですね」

「少し気が緩んでしまったようです。推測の域を出ない事柄について、先ほどあなたから訊かれたものですから」

「なるほど」バーマンは言った。またしても疑念を抱いているような口調に聞こえたので、とうとう事件の核心を突こうとしているのだと、わたしは嬉しかった。

わたしは警視正に言った。「ここのスタッフに……ウェイター、フロント係、客室係に訊き込みをしませんか？　そうすればすぐに確認できます」

「いまはその時機ではない」バーマンは応えた。「その前に別の取り調べをする必要がある」

第十四章　ふたつの仮説

1

バーマン警視正と一緒にホテルを出て、お互い無言のまま村の通りを歩いた……これはかなり気づまりだった。というのも本来、警視正に熟考を促すべきは警部だからだ。どうやらバーマンがバグショーについて思い直したようだったので、わたしはさらに捜査を推し進めてほしかった。

やっとバーマンが言った。「ミス・ソーンダーズがホテルに入るのを見た後、ブライアン、きみは外にしばらくいたのかね？」

それがどう関係するのかわからなかった。「いいえ」わたしは応えた。「完全に邪魔ものでしたし、男女の間に割り込むなんて野暮だとわかっていましたので、すぐにイーストグリンステッドへ出かけました」

「よろしい」バーマンは言った。

「仕方がありませんよ」わたしは言った。「いくらなんでも、そのタイミングで割り込むのは望ましいとは言えませんから」

だがバーマンはまたひとりの世界に入って、聞いていないようだった。

2

数分後、われに返ったバーマン警視正は言った。「まあ、いままでのことは良しとしよう。少なくとも出発点としては理想的で矛盾がない仮説で良いのだ。それにわれわれはいま殺人の可能性が高いと推理している。次に必要なのは、仮説を検証するだけでなく、事件当夜の犯行にわれわれを導く証拠だ」

「それはじきにわかりますよ」わたしは言った。「あのふたりは何があったか非常に詳しく知っているはずです。ふたりとも今日はとらえどころがありませんでしたが、われわれが本気にしていないと気づいたら取り乱して、秘密を漏らすでしょう」

「なるほど」バーマンは言った。「きみのいう『あのふたり』とは誰を指しているのかね?」

「もちろん、ルッカー夫妻ですよ。隠蔽しているのは支配人ですが、妻も口裏合わせをしています。まず彼女から捜査すべきだと思います」

「なるほど」再びバーマンは言った。「それがきみの推理と見えるな、ブライアン」

「ええ、おっしゃる通りです。バグショー警視とルッカーは旧友で、二年間バタシーで一緒に働いていました。ルッカーはいまあのホテルを経営しています。警視庁の食堂には彼のホテルの広告が貼ってありますし、われわれに話したように、警官のための保養所にするという野心が彼にはあるのです。当然ながら、彼はその計画についても、また若い女性と来ても詮索されない気配りの利いた場所としたい考えについても、バグショー警視に話したはずです。そして警視は――支配人が友人だという安心から――ミス・ソーンダーズと週末を過ごす場所として、あのホテルこそ最適な場所だと思った。友情の絆を深めたかったので、ルッカーに週末の情事について正直に話したのでしょう……計画の最初のほうを。そしてその通りにする必要があったはずです。警視はルッカーに口止めを頼んだはずですが、今後の口利きもほのめかしたかもしれません。他の警官にも推薦するというようなことを」

「そうかね?」バーマンは言った。「するとルッカー夫妻はバグショー警視の火遊びを承知していて、必要とあれば嘘をつく用意もあり、ミス・ソーンダーズと面識があるというのか?」

「その可能性はあります。バグショー警視が彼女を警視庁へ異動させる前に、ルッカーは彼女と同じバタシー西地区にいましたから。彼女の写真を見せた時も、知っているはずなのにそうとは言いませんでした。これが警視正お望みの仮定の検証ですよ。ルッカーは二枚舌です」

「別にわたしは望んでなどいないが。なぜバグショー警視は女性と一緒に来ずに彼女ひとりで来させたんだ? ロンドン警視庁を一緒に出るのを見られたくなかったから、というきみの推理は理解できる――わたしに言わせれば、上司と部下が一緒でも別に不自然ではないが――それにしてもビクトリア駅で落ち合わなかった理由は何なんだ?」

「ああ、それも警視のほうの事情でしょう。すべてつじつまが合います。秘書といる時に誰かに出くわすのが嫌だったに違いありません」

「するときみの推理は」バーマンは言った。「バグショー警視がザ・ベルボイ・ホテルの寝室のそばの個人用の居間でミス・ソーンダーズが来るのを待っていた、ということになるな。実に面白い状況だ、芝居か何かのようだな。バグショー警視は浮気相手を待っている、そして時を同じくしてミスター・クラークソンも浮気相手を待っている。彼らはまるで示し合わせているようじゃないか」

「いや、ふたりはそんなはずがありません。少なくともバグショー警視はしないはずです。警視はクラークソンを見かけたとたん観葉植物に身を隠したと思います」

「ほお？　それは何故？　ミスター・クラークソンがミス・ソーンダーズの知り合いだというんじゃないだろうね？」

「もちろん違います。ですがバグショー警視は誰にも見られたくなかったはずです。だからこそ個人用の居間を借りて食事もルームサービスを利用しました」

「見つかるのを恐れる不良学生のように？　警視のそんな怖気づいた様子を以前見たことがあるのかね？」

バグショーは常に自信家なので、バーマンの指摘はもっともだった。「ですが仕事では自信たっぷりな男性の多くは」わたしは反論した。「男女関係となると自制心を失います。警視正もお気づきのはずでは？」

「確かに。男性の判断力を歪める事柄だからな。なるほど。それがきみの答えか。他にいい案はあるか?」

　バーマンの言い方がわたしはあまり気に入らなかった。いままでのところわたしと同意見のようだったが、その中にも不信の気配が――皮肉と言ってもいいだろう――感じられた。わたしは言った。「いずれにせよバグショー警視の週末の計画に関しては、すべてが明らかになりました。計画が狂ってペギーは殺されたのでしょう。その説を実証するために、細かい証拠を集める必要があります」

「あるいはきみの案を却下することも可能だ。そうすればわれわれにとって大いに時間の節約となる」

　バーマンがますます頑固になっていくのがわかった。

3

「ですが、わたしが言葉を交わしホテルに入るのを見た女性がペギー・ソーンダーズではなかったという説を蒸し返さない限り、警視正だって――」

　バーマンはわたしの話を遮った。「きみの主張はよくわかるよ、ブライアン。わたしだって歳でだいぶ物覚えが悪くなったが、もうろくはしていても、きみの主張の穴を見落とすほどひどくはない。必ずしも論より証拠とは限らないし、バグショー警視に対するきみの疑惑の根拠にも納得していない。ミスター・ルッカーに対する疑惑も同様だ。彼らが共謀しているという発想はわたしにはばかげたものに思える。その発言に疑うに足る理由がない限り警官は信用されるべきだ、というのがわたしの持論だ」

わたしは言った。「そうですか、わかりました。殺人事件の尋問はあきらめましょうか——それとも新たな推理を打ち出すべきなのでしょうか？」そして言葉を和らげようとして付け加えた。「その——警視正」

「われわれはあきらめない。新たな推理はすぐに打ち出せる。実に単純明快だ。持論に固執して自分の目で確かめられなくなっているきみに、むしろ衝撃を受けたよ。ふたりの目撃者の証言を受け入れるべきだと思う。却って捜査が混乱するかもしれないが、それでも信ぴょう性が高いとわたしは信じている。ふたりというのはミスター・ルッカーとアーミテージ警部補、つまりきみだ」

わたしが話したどの部分を信用するつもりなのか、バーマン警視正に尋ねた。

「きみはミス・ソーンダーズがホテルに入ったと言った。他方、ミスター・ルッカーは彼女を見ていないと言った。もっと正確に言うなら、きみは彼女がホテルの玄関口の階段を上がっていったと言い、ミスター・ルッカーは彼女が入った姿を誰も見ていないと言った。わたしはふたりとも信じたい。そこでこう結論づけた。彼女はホテルの中の何者かと約束があったために上機嫌で階段を上がっていったが、玄関口で気が変わり階段を下りた。彼女がホテルの中に入ったのを見届けはしなかった、ときみから報告を受けている。だから彼女が踵を返して階段を下りてゆき、それにきみが気づかなかった可能性もある」

バーマン警視正の主張に反論するのはたやすかった。

「彼女に気が変わった様子はありませんでした」わたしは言った。「興奮していましたよ。楽しい時が待っている、と期待に胸を膨らませていたんです」

「情緒不安定だよ」バーマンは言った。「若い女性がパニック状態になる直前によくある状態と一緒だ。もっとも彼女はためらっていたのかもしれない。現代でも処女喪失を悪と見なす若い女性がいるそうだ。ミス・ソーンダーズは教養のある女性だった。その彼女が密やかな恋愛に足を踏み入れていたのだから、夜を共にする男性を信頼していなければその場に行くはずがない。今回の場合、最後の瞬間にためらいが生じた可能性が高い」

「そうだとは思います」わたしは認めた。「ですが彼女がそのように感じていても、気が変わりはしなかったと立証されています。それというのも、女性が『ミセス・バグショー』という名で宿泊した証拠がそこかしこにあるからです」

「ああ、もちろんそうだ」バーマンは言った。「そして女性が『ミセス・クラークソン』の名で宿泊した証拠はない」

4

「そうですね」わたしは言った。「となると『ミセス・バグショー』と名乗っていたのは誰なのでしょう?」

「わからん。それはどうでもいい。ルッカーが正しくてきみが間違っているかもしれないよ、ブライアン。それにバグショー警視は結婚していて週末を妻と過ごした可能性もある。それとも女友達を誘って一緒に過ごしたか。その点については関知しない。はっきりしているのは、ミスター・クラークソンが待っていた若い女性は来た様子がなく、ミス・ソーンダーズはホテルの玄関口までは来たがそれ以上は不明ということだ。これらから、彼女が玄関口で不安になったのがわかる」

「そうですか」わたしは言った。「するとこのクラークソンという男は誰ですか？　それに彼はいまどこに？　金曜日の夜と土曜日の夜、そして日中ミス・ソーンダーズはどこにいたのでしょう？　そして日曜日の夜に――クラークソンが彼女を殺したというなら、その理由は？」

バーマンの唇に微かに笑みが浮かんだ。

「それらの答えにバグショー警視の名を当てはめたら正解なのかね？　どんな事件にもこういう問題は起こる。ミス・ソーンダーズがミスター・クラークソンに会いにいった、と結論づけられたらたいしたものだ。これからその男性を追跡できるからな」

「ええ」わたしは言い返した。「結論づけられたらの話ですね。でも、ご存じの通り証拠がありません。女性がバグショー警視と寝た証拠がないのと同様に。そのまま放っておくんですか？」

第十五章　虚言の疑い

1

ロンドン警視庁のお偉方が常に団結し結束が固いのは、配下の署員によく知られている。つまり一介の警部補や巡査部長が上層部に直訴したところで、正当に取り上げられる望みはない。バーマンが――警視正というお偉方になって六か月だ――すでに悪しき習慣に染まっているのを知って、わたしは悲嘆に暮れた。彼はもはや頭脳を使わず、常識に従わなくなってしまった。彼らの規律では上層部は悪事を働かない、よってバグショーはわたしに攻撃の矛先を向けられた気の毒な犠牲者で、わたしは彼を攻める卑怯者となる。バーマンとわたしがこの十年間で友情を育んでいなければ、公然と非難されて面目丸つぶれになるところだった。

だからといって、わたしが正しくてバーマンは間違っているという信念に変わりはない。

そしてそれを必ず証明するという決心が変わることもない。

2

次はブライトンへ行くとバーマンから言われた時、わたしは極力、とげのある声にならぬよう気をつけて言った。「はい、警視正。クラークソンを見つけるんですね？」

「彼についての情報を得たい。犯行現場から数マイルの場所に滞在するほど彼は軽率ではないと推測する。犯人は現場に戻ると言われていてそれも一理あるが、クラークソンに関してはそんなうまい話はないはずだ」

わたしは言った。「クラークソンという男性については、われわれは何も知りませんが？」

「そうとも言えない。彼はミス・ソーンダーズを――確か二十歳くらいの女性だったな――惹きつける程度には若い。彼はロンドンで彼女と知り合ったから、おそらく彼の家もそこにある。そして、この地区に土地勘がないまま、週末を過ごす場としてベルディーンを選んだのには議論の余地がある……彼が昔からの友人と定期的に会い、彼女を紹介するような人物なら、ここへは来なかっただろう。彼は金には困っていない――困っていたらホテルを出る時に代金として四ポンドを置いておくはずがない」

「捜査にてこずりそうですね。ロンドンから来たよそ者の若い男性をブライトンで探すとなると。その人物についてわれわれが把握しているのは、破産してはいないということだけです」

今回は皮肉が伝わりバーマンはわたしをじっと見たが、彼の眼差しに不快というよりは愉快さを感じた。

「それでもやはり、何か有益な情報があると期待している」警視正は言った。「それはさておき、まずベルディーンから捜査を始めなければならない。クラークソンは土曜日の朝、午前六時三〇分以前にスーツケースを持ってホテルを出た。そのような早朝だと目立ったはずだ――もし警官が見かけたら、呼び止めただろう。それにバスの車掌も彼に気づいたはずだ」

「彼はバスで移動したのでしょうか？」

「おそらく。ミスター・ルッカーの話ではクラークソンは車で来なかったと言っていたから、スーツケースは徒歩での移動の妨げになったはずだ。その件にはバーケット巡査部長に当たってもらおう。もちろんクラークソンは土曜日には遠出をしなかったから、ベルディーンへは殺人を実行するため日曜日に戻ったのだ」

　刑事でいて割に合わないのは、その推理に納得がいかなくてもそれに基づいて調査せざるを得ない点だ。だからわたしは言った。「そのために彼が戻っていたのなら、日曜日にミス・ソーンダーズがそこにいると知っていたはずです。どうして彼は予想できたのでしょう。彼女が金曜日に来ていなかったら？」

「興味深い点だ」バーマンは応えた。「彼女がこの近辺に住んでいる地元の人物である可能性も高い。バーケット巡査部長に調査してもらう、もうひとつの理由はそれだ。巡査部長は忙しくなるだろうから、ベルディーンへはきみにも行ってもらうことになるだろう」

　わたしはその案が気に入った。ミスター・ルッカーに再び会いにいく、いい口実が見つかったので――今度は何かと妨げとなるバーマン抜きで――「ミセス・バグショー」について、そしてバグショーとルッカーの共謀について問い質すつもりだ。だが本音を漏らすわけにはいかないのでわたしは言った。「何故、彼がミス・ソーンダーズを殺したと思うのですか？」そして表現があいまいだと気づき、すばやく言い添えた。「彼の動機は何か、という意味ですが？」

「彼女に惹かれたのは確かだ。その兆しがいつ明らかになったかは不明だが――それは調べなくてはならないだろう。だが、彼女への好意が動機なら、ミス・ソーンダーズはわれわれが考えていたような女性ではなかったことになる……検死結果だけでは何とも言えないが。動機としては他に――」

「待ってください」わたしは遮った。「検死といえば、彼女は殺される少し前に何者かと関係を持ったという報告があったのをお忘れではありませんか？　彼女が金曜日の夜に到着しなかったので、クラークソンは探し回り、日曜日に彼女をやっとつかまえた。そしてその時、金曜日から彼女に殺意を抱いていたと気づいたのかもしれません。正直に言って、クラークソンに関する推理をすべて把握できているか自信がありません」

「確かに把握はしていない」バーマン警視正が言い返した。「わたしは時期や動機について仮説を改めることがよくある。第二の仮定として動機に挙げられるのは……彼女が脅迫を試みたことだ」

「まさか。彼女はその手の女性ですか？」

「われわれにはわからない。だが彼女の人となりがわかりつつある。彼女はこの冒険を始めたものの、最後になってためらって逃亡した。クラークソンは彼女をつかまえて——当初の計画に戻るよう促した。彼女は躊躇《ちゅうちょ》して拒んだのだろう。彼が無理強いし……そのせいで彼女の人間性が変わったのかもしれない。関係を暴露して訴えてやる、と彼を脅した」

わたしは言わずにはいられなかった。「そして、それらの証拠は?」

「じきにはっきりする。だからこそブライトンへ行くのだ」

3

ブライトンでまず向かったのは警察署だった。車をそばで停めた時バーマン警視正が何気ない口調で言った。「われわれがベルディーンを出る前にバグショー警視へ電話して、わたしに会いに来るよう伝えておいた。頼りになるはずだ」

わたしは言った。「頼りになる可能性大です」

バーマンはわたしの言葉を受け流した。

バグショー警視はすでに到着しており、サム・バーケットと共にわたしたちを待っていた。

「呼び出すからには何かつかんだのですね、バーマン警視正」彼は大きな声で言った。「もっとも、この広いブライトンでミス・ソーンダーズを探すのは一苦労です。われわれは計画的に捜査する必要があります」

「いまのところ案がいくつかあるといったところだ。アーミテージ警部補はそれが気に入らないらしい。事実、推理について話しているうちに彼の口調が皮肉交じりになった。残念だ。わたしの推理が正しいとわかったら彼は肩身の狭い思いをするだろうから。きみはミスター・クラークソンと面識があるかい？　きみがザ・ベルボイ・ホテルに金曜日にいた時に、彼も宿泊していたんだ」

「ホテルで人に会いませんでしたし、言葉も交わしませんでした。妻とわたしは静養したかったので、個人用の居間を使用してラウンジへは行きませんでした。ミスター・クラークソンはどんな人相なんですか？」

「それが定かではないんだ。きみから教えてもらいたかったくらいだ。彼がミス・ソーンダーズを旅に誘ったと推定される理由をいくつか入手している」

「本当ですか？　彼女を見なかったんですがね。それにわたしが訊き込みをした時のミスター・ルッカーの話では、彼女は滞在していないとのことでした」

「彼はおそらく正しい。わたしは言ったのは、ミス・ソーンダーズがクラークソンに誘われたという意味だ。彼女が来たとは思わない。だが誘われたと考えると、クラークソンについてはさらに調査したい。若い男性のはずだ。三十五歳以下の男性をホテルで見かけていたら教えてくれないか」

バグショーが応える前にバーケット巡査部長が言った。「口を挟んでかまいませんか？　ミスター・クラークソンの宿泊した部屋が、バグショー警視の部屋とどんな位置関係だったか説明してもらうと役に立つのではないかと思いまして」

「少しも役立つとは思えんが、巡査部長。バグショー警視はその男性を見かけていない。だからわたしが期待しているのは、容疑者からクラークソンを除外できるかだ。宿泊客としては、まずミスター・ライアート。三人の子持ちだ、彼は気にかけなくて良いと思う。次にミスター・ウィナント。同伴した夫人は支配人と面識があるので、彼も外す。残る男性客は、バグショー警視を別にするとミスター・クラークソンとなる。警視、思い当たる点は？」

「残念ですが。わたしは何かに気を取られていたのでしょう。とにかく誰とも面識はありません」

わたしはなるべく無邪気な表情で――いつも妻のキティーには大笑いされる――尋ねた。「気を取られていたというのですか？　何にです？　仕事を持っていかれたのですか？」

バグショーがわたしをにらんだ。思った通りだ！　彼は言った。「いやいや。厄介事があったが警察の任務とは無関係だ」

バーマン警視正が厳めしく言った。「それで十分だ、アーミテージ警部補。口を挟まないでくれないか」

わたしは言った。「もちろんです、警視正。わたしはただバグショー警視が何か気にかけていたせいで、周囲の人に注意を払わなかったのではないかと思ったのです。そうでなければ、宿泊客に関する役立つ情報を提供してくれるはずですから」わたしはさらに無邪気に見えるよう少し愚かな笑みを浮かべて続けた。「それに女性客も何人かいましたし」

さらに厳めしくバーマンが言った。「いまわたしはミスター・クラークソンについて訊いているんだ」

「それはわかっております」わたしは応えた。「ですが、ミス・ソーンダーズについて伺うのは役立つと思ったものですから」

厳めしい様子は伝染するようだ。わたしはバグショー警視からも厳格な表情で見られた。彼が言った。「アーミテージ警部補、彼女がザ・ベルボイ・ホテルにいたはずだと言いたいのかね？彼女は宿泊しなかったとミスター・ルッカーから証言を得ている」

わたしは言った。「それは覚えております。ですがイーストグリンステッドの強制捜査の件で警視の許可をいただくために、わたしは当日の夕方にここへ来たんです。もっとも気が変わってホテルには入りませんでしたが、付近にいる間にミス・ソーンダーズと会いまして、彼女がホテルの玄関口へ向かうのを見ました。わたしとしては彼女は室内に入ったという印象でした。だからこそ何に『気を取られていた』か尋ねました。秘書の手助けが必要になったのかと思いまして」

バグショー警視は言った。「きみから初めて聞いたぞ。それは確固たる証拠じゃないか。なぜ隠していた？」

ここで自分がまずい立場になったと気づき、すぐにでも逃れようとした。引き続き無邪気な表情でわたしは言った。「まさか、隠してなどいません。警視がすでにご存じだと思われることは改めて申し上げなかっただけです。彼女が警視の居間にいたのなら、承知していたはずでは？」

「彼女はわたしの部屋へなど来ていなかった」バグショーが叫んだ。「それにわたしの知る限りホテルの中にはいなかった。翌日わたしに電話をしてきた時に、何故ベルディーンまで来たと言わなかった？　きみの行動は非常に特異だぞ、アーミテージ警部補。休暇中のわたしに会いにベルディーンへ来たが、気が変わって会わずに帰ったと言う――きみは秘書を見たと断言するが、彼女がホテルにいなかったという証拠がある――そしてミス・ソーンダーズが死亡するまでの数日間をどこで過ごしたか調査していた時、きみは彼女を目撃したと自覚していたのに報告しなかった。驚くべきことだ。そして理解に苦しむ――何らかの理由でわたしの休暇を偵察していたのではないかと危惧するほどだ。もうそうなら、懲戒処分ものだぞ」

「いや、スパイなどとんでもない」わたしは言った。「わたしがミス・ソーンダーズと会ったのは単なる偶然です。そしてホテルに入らなかったのは、警視がお取り込み中だと思ったからでして……その、秘書と」

4

「やや脱線しているようだな」バーマン警視正は言った。「バグショー警視、この一件を預けてくれるなら、わたしからアーミテージ警部補に言い含めよう。誤認について彼から謝罪があるはずだ。ところで、ミスター・クラークソンについての訊き込みを一緒に進めないか？」

「その件ではわたしは役に立てません。宿泊中はずっと予約していた部屋二室から出ませんでした。クラークソンや他の男性とはまったく会っていませんし、当然ながらミス・ソーンダーズも見ていません。彼女はいなかったと断言しますが」

その言葉でわたしは奮い立ち、武者震いさえ感じた。

そしてわたしは言った。「警視はミスター・ルッカーと話しましたね？　そして確か奥様がもうすぐ来ると言った。すると奥様は一緒に滞在したんですね？」

バグショーは「鋭い目つき」とよく言われる眼差しをわたしに向けた。そして一分間、沈黙を保った後に言った。「バーケット巡査部長、これからの打ち合わせにきみを必要としない。退席してくれ」

バーケットは席から立ち上がる時に落胆しているように見えた。彼は本件に関しては知らないも同然だが、わたしが何を言わんとしているかうすうす感じ、興味を抱き始めているようだった。さもありなん！　とうとう真実が明らかになるのだ。わたしは興に乗ってきた。

とりわけバグショーが述べた話は嘘の上塗りでしかなく、金曜日の夜にペギーが彼と宿泊していた事実は疑いようもない。

5

バーケットが立ち去ると、バグショー警視が言った。「この打ち合わせが必要なのは残念に思いますが、わたしの信念に従うなら行わざるを得ません。バーマン警視正、あなただけと話していたら事は簡単だったでしょう。ですがアーミテージ警部補が独断の推理で――あなたの黙認を残念に思いますが、バーマン警視正――複数の罪で訴えようとしているので、わたしの意見を聞かせるつもりです。彼が聞く耳を持っていると期待したいところですが難しいでしょう。だからこそあなたに伺います、バーマン警視正。彼に影響を与えたのはあなたですから。何故わたしが尋ねるか、一、二分でわかると思います」

バーマンは言った。「できたら待ってくれないか、バグショー警視。アーミテージ警部補にいくつか考えがあるのは知っているが、はっきり言って同意できかねる。実際、彼の案は非常識だと意見した。それに彼がその案をこんな形で明らかにするとは思いもよらなかった」

「なるほど、そう言ってもらうと慰めになります。警察の規律に則った方法で物事を進めるのでないなら、アーミテージ警部補をむちで打ちたいくらいだ。彼は最も無責任なやり方でわたしの私生活に干渉し、妄想を事実だと思い込み、わたしを――少なくとも彼の差し金で――あなたのもとに出向かせた。彼の度重なる妄言で、多大な被害を受けました……もはや腹に据えかねます」

そう言われても、わたしは当然ながら少しも気にしなかった。どんな作り話をバグショーがしたところで、つかんだ事実は変わらない。だからわたしは彼を見つめ返した。今回は無邪気なふりや愚かなふりをせず、どんな戦いを挑まれても受けて立つ、と表情で示した。

第十六章　バグショーの告白

1

バグショーは深呼吸をしたようだ……これから虚言を吐く人がするような深呼吸である。

「わたしは独身で通っているはずです」彼は話し始めた。「ですが実は結婚していて――法律上では――六年になります。新婚当時からしっくりせず、一年が過ぎた頃には妻と別居しました。それ以来ひとりで暮らし、自分でもそう――独身と――名乗ると、私生活に関して面倒な言い訳をしなくて済むので一番楽でした。警察署や警視庁のような場所だと、特に面倒な状況になるように感じます。同僚の醜聞や噂を把握していなければ、うまく機能しないようなところがありますから。警察にはとんでもない奴がいてプライベートを守るのはとても難しい。ですが話題がおのおのの妻の話になっても、わたしは私生活を守っているほうでした――ひとりで暮らし、独身だと名乗ることで。妻とは別居しているので実態には即していました。
一、二か月前、妻と偶然会ったんです……そしてあふれんばかりの感情を互いに抱いていると気づきました。そしてその後も会う機会を幾度も作り、夫婦として再スタートできるか話し合いました。ですが——共に歳を重ねて分別がつき、慎重にもなっている。再び結婚生活で同じ失敗はしたくないと互いに思っていましたし、また悲劇になりかねないともわかっていました。さまざまなことが——大なり小なり——悲劇の発端になり得ます。結局、将来的な約束はひとまず抜きにして、実験的に週末を共に過ごすことに決めました。当然ながらその権利はありました——表向きには夫婦なのですから。

でも厄介なことに、わたしが世間的には独身でいたのと同じように妻も独り身を装っていました。結婚指輪を外し、友人にも未婚と伝えていたんです。だからふたりで週末を過ごしている時にどちらかの知り合いと会えば、不倫をしていると思われても仕方ありませんでした。

バーマン警視正、わたしたち夫婦が神経過敏だと思うかもしれませんが、妻との週末で最も大切にしていたのは、今後のことは後回しにして、自然に元の生活に戻れるようにすることだったんです……独り身の妻と独り身のわたしで。だから週末の行動を秘密にするのが大切でした。

さて、ふたりでどこへ行くか？　短い週末なので無駄な時間を省くために移動時間は短くしたかった……それでとにかくチャールズ・ルッカーに頼ることにしました。結婚式で新郎付き添い役を務めてくれた関係で信頼していたので、ベルディーンのホテルに宿泊することにしたんです。用心のためにその週末には他の警官の予約を入れないように頼んでおきました。寝室に加えて個人用の居間も予約し、ミスター・ルッカーには内密にしてくれるよう頼みました」

バーマンはすべて納得しているようだ。わたしは気を揉んで言った。「するとルッカーと示し合わせていたのですか？　あなたといた『ミセス・バグショー』が誰か、彼は知っていたのですね？」

「話を聞いていたなら、『ミセス・バグショー』がわたしの妻だとわかるはずだ、警部補。発言の裏を取りたいならミスター・ルッカーに訊けばいい、同じことを言うだろう」

「そうでしょうとも」わたしは言った。

2

バーマン警視正は言った。「わかるよ、バグショー警視、打ち明けるのはさぞ辛かっただろう。せっかく話してくれたのだから、わたしもはっきりさせたいことがある。きみが秘密にしたかったのも無理はない――おそらくミスター・ルッカーから他の宿泊客の名を前もって入手して、きみや奥さんの私的な友人がいないか確認したのだろう。だがきみは特に警官を避けたかったようだね。その理由を教えてくれないか？」

「さっきも言ったと思いましたが――醜聞について触れたことで、ほのめかしたつもりでした。妻との話が漏れたら、警視庁の耳ざとい若い連中はわたしが元の鞘に収まるか食堂で賭けをするでしょう？　そして別居し続けると決まったら彼らは揶揄するはずです――そんなこと我慢できません」

「なるほど」バーマンは言った。「確かにそれは不愉快だろう」

「まったくです」バグショーは言った。「ですが、予備調査やミスター・ルッカーの協力のおかげで、実際にはうまくゆきました、というより、うまくゆくはずでしたが、思いがけずアーミテージ警部補もホテルに来たものだから」

「そしてミス・ソーンダーズも来ました」わたしは言った。

「まさか——信じられない。ホテルにいたとは到底思えない。それに彼女は来なかったとミスター・ルッカーが請け合ってくれた」

「お言葉ですが」わたしは言った。「偶然にもソーンダーズがホテルに来たなら、それこそタイミングが良すぎませんか？　確かに偶然の可能性もあります。ですが彼女がホテルにいたのが確かなら、指示されたからだと理解するのが自然では」

「理解すべきことは他にもあるぞ、アーミテージ警部補」バグショーが反論した。「それはきみは愚かだということだ。しかも実に反抗的な愚か者だ」

バーマン警視正が愛想よく言った。「そう思って当然だよ、バグショー警視。警部補は熱意が空回りしているのだと思う。後で事態を収拾できるはずだ」

「そうですか？　わたしには疑わしいですが」

「じきにわかる」バーマンが言った。「バグショー警視、実に率直に話してくれたが、さらに教えてくれないか。実験のその——結果はどうだった？」

「わたし自身としては引き続き非常に不安な状態です。わかっていただけると思いますが、この捜査を担当した時は気乗りしませんでした。あなたが『実験』と呼んだものはわたしにとっては、結婚生活が再び良い方向に向かうと感じさせましたし、それを何よりも求めていました。でも妻はさらに慎重で、決心するまで数日欲しいと言いました。わたしからしてみればそれは不運でした。というのもペギー・ソーンダーズを殺した犯人捜査に集中する素振りを見せなければならなかったからです。あいにく警視として手腕を発揮できていません」

「これからも？」バーマン警視正が促す。

「そうです。妻に会いにゆくために一晩休みをもらいました。いま望んでいるのはそれだけです。わたしは実に単純な男なんです、バーマン警視正。もしあなたが警部補と一緒に請け合ってくれたら、わたしの秘密は噂にならずに済みます。警部補の愚かな疑いもできるだけ大目に見ましょう、うまくできるかわかりませんが」

こうなるとわたしには分が悪い。バグショーは明らかにわたしをねじ伏せ、あと腐れなく話を終わらせたつもりでいる。

そこでわたしは言った。「そうですか？　じゃあ警部、いまこそ奥様を皆に発表するべきでは？　お話を聞くばかりで、警視正もわたしも奥様に会っていません。すべての疑問の源はそこですし、いくら話をしていただいても何も証明されません。何かしら証拠を示せ、とバーマン警視正から常に言われます。警視が奥様を紹介してくだされば――」

バグショーは言った。「まったく、驚くばかりの傲慢ぶりだな、アーミテージ警部補。わたしは発言に異議を唱えられるのに慣れていない。説明に納得するか出てゆくかはきみ次第だ。わたしの話が真実かどうかの証拠として、妻を連れてきてきみに尋問させるつもりは毛頭ない」

「そうですか」わたしは言い返した。「それは残念なことですね」

3

出すぎた真似をしたとは自覚していた。今後バグショー警視の下で働き続けられるかわからない。彼が徹頭徹尾、嘘をついているという確信があったので追及の手を緩めなかったのだ。それによって、バグショーは妻を登場させざるを得ないという窮地に陥り、わたしの言い分は正当化されたが、手に入れたのはそれだけだった。バーマンはわたしの意見に反対のはずだ。警察を辞めなくてはならないかもしれない。おそらくキティーも退職を余儀なくされ、彼女からも非難されるだろう。つまりわたしはすべてを台無しにしたのだ。

そのため、バーマンとわたしが建物から出ようと階段を下りた時には、わたしは最悪の事態を予期していた。バーマンには十年の間、目をかけてもらい心を通わせてきたが、今回の件ではそれも役に立たない。

だからこそバーマン警視正からこう言われた時は息が止まりそうだった。彼は実に穏やかに言った。「よくやったぞ、ブライアン。攻めすぎた感はあるが、総じてわたしの意に沿うものだった」

わたしはぽかんと口を開けた。「意に沿うもの？」

「狙い通りだ。この話し合いを設けたのは、きみが情熱から持論を展開することによって、バグショー警視がすべて打ち明けざるを得ない結果になると思ったからだ。わたしが訊いたとしても、質問をかわして秘密を守っただろう。きみが言い募ったらすべて話すはずだ、と見越していた」

わたしはやっと少し息が楽になった。「ですが警視の言葉は真実ではありません。夜を過ごした相手はペギー・ソーンダーズのはずです。もし彼に妻がいるなら、証拠を示すために喜んで紹介するでしょう」

「それはどうかな」バーマンは言い返した。「妻を人目にさらしたがる男性はいない——近々よりを戻そうとしている妻ならばなおさらだ——それにさっきのような調子で尋問されたり侮辱されたりするとなれば、わたしでもああ言い返したと思うぞ、ブライアン。率直に言って、そんな彼に感心するよ。さて、わたしは戻ってバグショー警視をとりなすつもりだ。結局、後で警視と共に働かねばならない……少なくともそう望んでいる。うまくいくかわからないが最善を尽くすつもりだ。だが彼は当分はきみとは働きたくないはずだ。だからバーケット巡査部長と落ち合ってベルディーンでの訊き込みを続けてくれ。過激な持論をひとまず忘れて、ペギー・ソーンダーズに何があったか、そして金曜日の夜に誰かと一緒だったと思われるミスター・クラークソンの発見に集中すべきだ」

第十七章　もうひとつの話

1

車で出発するとサム・バーケットが言った。「何を話していたんだい、ブライアン？　おれが部屋から追い出された時、きみはバグショー警視の鼻を明かそうとしているようだった」

その質問に対して真実を正直に話したかった――そしてその価値を知っていたら、そうしたはずだった。

むしろ法に則って潔く出世をあきらめようと思っていた。だがいまのところ、正当な理由で殉教者になるというより、バーマンの策略の駒でしかない。いまの局面は理解を超えている。わかるのは……少なくとも耳にしたのは……バーマンが目的のために――それが何であれ――わたしを利用したということである。いま頃彼は後悔の念を抱きながら、わたしの代わりにバグショーにとりなそうとしているはずだ。だがそれ以上はわからない。

だがわたしは退職は求められていないようだ。むしろ「よくやった」とバーマンに高く評価されたのだから。当分の間は静かにしてすべて彼に任せたほうが良い。バグショーを負かし、結局わたしの推理が正しかったと証明しようとして、バーマンは綿密な計画を立てているのかもしれない。言葉通りに「ミセス・バグショー」の話を受け入れ、謎のミスター・クラークソンにペギー・ソーンダーズ殺しの嫌疑をかけようとしている可能性もある。それもわたしが持論に固執せず、囮《おとり》に徹すればの話だ。それに、これ以上バグショーを困らせないよう、距離を置くようにと強く指示された。確かに警視は警官に食堂で噂されるのをひどく嫌がっていた。

「いや、たいしたことは話していない」わたしはそっけなく言った。「バグショーがひどく慎重になっていたから──お偉方はそうなりがちだ──包み隠さず話してくれるよう頼んだんだ。バーマンも褒めてくれたよ──いい仕事をしたって」

「おれはそんな言葉をかけられそうにないよ」バーケットがぼやく。「そんな器じゃないからな？　おまえの一年先輩なのに──おれが追い出されている間におまえは警視と話しているんだから」

「いまこそ売り込む良い機会じゃないか」わたしは提案した。「金曜日の夜ザ・ベルボイ・ホテルに宿泊していたクラークソンという名の男をぼくたちは追跡しなければならない。推理としては、男は下心があって誘ったがペギー・ソーンダーズが嫌がり、それで男は早朝に外へ出て──」

「ああ」バーケットは言った。「わかっているのはそれだけかい？　もっと証拠はないのか？」

「確実なものはない。男がいたのは間違いない。だがペギーはホテルへの階段で目撃されたがホテル内では確認されていない。その点から、彼女は何らかの理由で気分を害し、男と一夜を共にせずに立ち去ったと推理される。だが」わたしは付け加えた。「それも二日後の夜に殺されるまでだった。その時までに処女を失ったと検死官は言った。そこで、二晩の間、ペギーは誰といたのかという疑問が浮かぶ。それがクラークソンでなければ、誰なのか？」

「その人物は彼女を殺さなかったんじゃないかな」バーケットが言った。「少なくともおれはそう思う。少なくとも——一夜限りの女性を殺すような奴は、割り切って娼婦を相手にするんじゃないか。よくある話じゃないか？　だがその男が女性と三夜を共にしていたら割り切ってどこか愛情らしきものがあるはずだ。どう思う、ブライアン？」

「可能性はあるが、本件に当てはまるかどうか。クラークソンがペギーと寝たという証拠がない。もっとも彼女がホテルの入り口まで行ったのは確かだが。バーマンの推理だと彼女はホテルに入っていない——ぼくには確信が持てないけれど。とにかくクラークソンは滞在していた……部屋のベッドは使用した形跡があり、宿泊代として金を置いていた。おそらくペギーの後を追い、喧嘩になったんだ。とにかく彼はミス・ソーンダーズについて何かしら知っている——バーマンの推理が正しければ——だからぼくたちは彼を見つける必要がある」

「オーケー」バーケットが言った。「追跡するとしよう。クラークソンの外見は？」

「人相は不明なんだ。男が午前六時三〇分以前にザ・ベルボイ・ホテルを出て、スーツケースを持っていたはずだとはわかっている。そこから男を探さなければならない」

「男は車を持っていたのか？」

「持っていない。早朝ではバスも走っていないかもしれない。それにもしバス停に男がいたら、その姿を目撃されているはずだ」

「じゃあ、そこから始めたほうがよさそうだな」バーケットが言った。

2

ベルディーンを出る最初のバスは午前七時五八分だとわかった。わたしたちは周辺の家や店舗、そして朝の担当の郵便配達や牛乳、新聞配達に訊き込みをした。だが土曜日の朝、スーツケースを持って最初のバスを待っている男を見かけた者はいなかった。彼らは一様に——無理もないが——男の人相を尋ねるので、不明だと言った時の彼らの疑り深い顔を見るのに疲れてしまった。バーケットはバスの車掌に話を訊くために待つ予定だったが、他の線も試すべきだとわたしは主張した。

「簡単な話さ」わたしは言った。「クラークソンは一時間半もバスを待ってはいなかった。朝食を取りにどこかへ行ったかもしれない——バス停から半径半マイル内の喫茶店に訊き込みをしよう」

それでも成果は出なかった。男はヒッチハイクをした可能性もある、とバーケットが言った。もちろんそうかもしれないが、それを目撃した者は誰もいない。そのうちに、わたしの考えはもう一方へ移った。

「特徴すらほとんどつかんでいないクラークソンの追跡は止めて、ペギー・ソーンダーズを殺した犯人を捜そう。日曜日の夜に犯人はこの地域にいたに違いない。ペギーもこの地方に来ていて、金曜日の夜にはここにいた。当時——金曜日の夜と土曜日の夜——何者かが彼女とベッドを共にしていて、少なくともそれがベルディーンであった可能性がある。そしておそらく犯人は、クラークソンかもしれないし別人かもしれないが、彼女と共に滞在した。だからぼくたちはベルディーンで男女を探せばいい」

バーケットはわたしの推理に乗ってこなかった。すでにその地域のホテルと簡易宿泊所でペギーについて訊き込みをしていたからだ。彼女に従妹か親戚がいて泊まる場所を提供していない限り、彼女を見つける望みはないし、従妹がいたとしたら、クラークソンと一緒に泊まるのを許されるとは考えにくい、と彼は主張した。

バーケットの知識ではそう考えるのも無理はない。わたしが簡易宿泊所の訊き込みをしていないのを知らないのだから。当時はその地域を捜査するのは時間の無駄だとわたしは思っていたから、バグショーがザ・ベルボイと他のホテルの訊き込みをし、バーケットが教会の南側の簡易宿泊所を担当している間、教会の北側にはまったく手をつけずにいた。

そこまで正直にバーケットに説明できなかったので、わたしは言った。「もちろん、きみの言う通りだ。だがそのためにはこれまでの訊き込みを確認することになる。ぼくが教会の北側を担当するから、きみは南側に漏れがなかったか確かめてくれ。今回、きみはミス・ソーンダーズについて訊き込みをする必要はない。彼女は「ミセス・クラークソン」と自ら名乗っていたかもしれないから。それに訊き込みに彼女の写真を持っていくといい」

「いいとも」バーケットは言った。「後で教会の入り口で待ち合わせしよう」

3

わたしは収穫なしだった。写真の女性に見覚えがある人も、ミセス・クラークソンという名を聞いたことがある人もいなかった。土曜日にダブルベッドの部屋を予約したスーツケースを持った男が若い女性を伴って来たのも、目撃されていなかった。

わたしはバーケットと待ち合わせをしていた教会に行ったが、彼はいなかった。ふと草地の先に目をやると、よくある「貸し間」の掲示が一階の窓に出ている家があった……そしてわたしは思ったのだ。教会の至近距離に位置するあの家は、北側なのかそれとも南側なのか。実際のところ、バーケットとわたしのどちらの担当になるのだろう。

すでに調査済みに違いない。

草地を横切り、玄関前の階段を上がって呼び鈴を鳴らした。やや陰気そうな顔の女性が応対に出てきた。「突然すみません。警察の訊き込みです。一、二時間前に同僚が来てこの写真を見せたでしょうか?」

「いいえ」女性は言った。「誰も来ていませんよ」

「そうですか。ではいくつか質問させてください。この女性に見覚えは?」

「いえ、見たことはありません」

「確かですか？　先週の金曜日の夜にここの貸し間を利用しませんでしたか？　女性はそのまま日曜日まで滞在していたかもしれないのですが？」

「見ていないと言ったでしょう」

「この家で、この女性を見たり彼女について聞いたりしたことのある人はいませんか？　三日前に訊き込みをしたのと同じ女性です。われわれは当初この女性がペギー・ソーンダーズと名乗っていたと思っていましたが、現在は――」

「いったい何の話？」女性が尋ねた。「ここへは誰も訊き込みになど来ていないわ」

4

つまり、バーケットは今日だけでなく水曜日にも道路の手前から訊き込みを始めたに違いなかった。教会はこの地区の南北を隔てているわけではない――水曜日の訊き込みの時点でそれを考えるべきだった。

とにかくいまはまだ訊き込みしていない所へ行かなければならない。家々の窓の掲示に注目しながら道路を進んだ。教会から五十ヤード以内に家はなく、訊き込みをし損ねていても幸い大事に至らなそうだった。そして探していた掲示を見つけた。他よりも立派な造りの家だった。バーケットがこの家に気づかないとは思えない――南北を分けた地点からずいぶん離れている――だが彼が水曜日の訊き込みをどこから始めたかを確認するためにも、わたしは訊き込みをすることにした。

「こんにちは」呼び鈴を聞いて出てきた少女にわたしは言った。「警察の訊き込みです」

「あら。何かあったんですか?」

「単なる確認ですよ。水曜日に同僚がここに来てミス・ソーンダーズについて尋ねたと思いますが」

「いいえ。来ていませんよ」

驚いて思わず叫んだ。「本当に？　確かですか?」

「もちろんです。警察が来たら慌てたはずですから。ここに滞在している人たちはみんな数か月前から住んでいて、ちゃんとした人ばかりです。人を連れてくる時には、お互いに礼儀をわきまえています」

「そうでしょうとも。その——今日の午後、同じ質問をしてこの写真を見せた刑事が来ませんでしたか?」

「いいえ。誰も来ませんでした」

5

バーケットと待ち合わせをしている教会へゆっくり戻っていった。

疑いの余地はない。彼は指示に反して水曜日に訊き込みをしなかった――そして今日もしていない。教会の向かいの家だけならうっかり飛ばした可能性があるが、道路の五十ヤード先の家も外すとは意図的だ。

わたしは自分の持ち場の訊き込みをしていなかったが、それ相当のわけがあった。バーケットにはないはず……だが彼なりの重要な理由があるのだろう。

先ほどの会話で抜け落ちがあったか？　見当がつかない。彼の言い分として成り立つとすればただひとつ。訊き込みをしなかったのは、行けば家の者が彼に見覚えがあると気づくからだ。だからこそ他の家々へ行っても空振りになるから行く必要がなかった。この簡易宿泊所の滞在者がバーケットに見覚えがあるなら……「ミスター・クラークソン」が金曜日から日曜日の間の二夜をどこでどう過ごしたか、ようやく判明した。

6

バーケットは一、二分遅れて教会に来た。

「残念だがまた無駄足だったよ、ブライアン。十九か所の簡易宿泊所で写真を見せたけれど、誰も彼女に見覚えがなかった」

「車の中で話そう」

バーケットと車に乗ってから、わたしは言った。「先週の金曜日の夜について話してくれ」

「金曜日？　それを聞いてどうするんだ？　休みをもらっていたからエルシーとふたりでギルフォードにいる友人の家に滞在していたよ。ちなみに散々な休暇になった」

「ギルフォードの友人の住所と名前を教えてほしい」

バーケットは向き直ってわたしを見つめた。「何故？　どうしたんだい、ブライアン？」

「サリー州の警察に調査してもらうつもりだ」

「へえ。その理由は？」

「大いにある。きみがギルフォードへ行ったとは思えない。あの日の夜きみはここ、ベルディーンに来た」

「何でまたそう思うんだ？」

「きみは水曜日に、そして今日もまたここの簡易宿泊所の訊き込みをするよう指示された。ぼくは同じ地域の何軒かに訊き込みをして、いずれの時もきみが訊き込みをしなかったと知った。つまり、きみは指示に従わなかった――二度とも」

「ああ、一、二軒は行き損ねてしまったかもしれない。満室の場合は。ほら、窓に掲示していないじゃないか」

「ぼくが行った家にはいま、掲示がある。一時間前にきみが訪れた時にも掲示があったはずだ。いや、訪れようとした時、か。今週は警察の訊き込みは来なかったと言われた。訊き込みをしなかったのも無理はない――行けばきみに見覚えがあると証言する人たちがいる、とわかっていたんだから。クラークソンと名乗っていたきみに。その名を騙って金曜日の夜にザ・ベルボイへ宿泊したのだろう?」

バーケットは言った。「さすがだ、ブライアン。本当に腕の立つ刑事だな?」

「洗いざらい話してくれないか?」

「確かに潮時だな。昔のよしみでおれを見逃してくれるなら話は別だ。何年も一緒に働いた仲だ、ブライアン。大目に見てくれないか?」

わたしは答えなかった。「ペギー・ソーンダーズと一緒にいたのか?」わたしは問いただした。

「そんなところかな? もっとも、おまえには話す羽目になると思っていたよ。どうか内緒にしてくれ、ブライアン。事件とはまったく関係ない。調書に書き込めば大事《おおごと》になってしまう」

「聞かせてくれ。まずは崖のどこへペギーを連れていったかを」

「誤解するなよ」彼は叫んだ。「彼女を殺した、とでも? そんなことするもんか。明るくていい娘だったから、もっと親しくなりたかっただけさ。ホテルに誘ったら、ペギーも大乗り気だった」

わたしは彼女の言葉を思い出した。「今夜はとても大切なことがあるんです」そう、確かに胸を躍らせていた。そして二日後の夜にはそれが彼女を死へ導いた。

7

わたしは言った。「始めから順を追って聞かせてくれないか」

「いつか話さなきゃならないとは思っている」バーケットは言った。「おれが誰にも知られたくなかった理由がそのうちわかるはずだ。ペギーが気の毒にも殺されたのとはまったく無関係だよ――妙な考えはやめてくれ。でも彼女と会っていたのがばれれば、おれは終わりだ。だから隠しておいてもらいたいんだ、ブライアン。おまえはいい奴だ、長い付き合いだし……」

「話の始めから聞かせてくれ」わたしは言った。

「ああ、ペギーが警視庁に異動したての時に出会い、すぐに意気投合した。勤務時間外によく会った。何しろ彼女はすべてを兼ね備えている上に美貌の持ち主だった。想いを打ち明けられた時には、おれは先が見える気がした。ペギーも同じだと思っていたが、見かけによらず、おれを理解してくれてね。妻との冷え切った関係について包み隠さず話した時には――信じてくれないかもしれないが、ペギーは号泣したんだ。若い魅力的な女性とは楽しむことはあっても深い仲になることはなかったが、ペギーとは抜き差しならぬ関係になった。おれは私生活で苦水を飲まされてきたんだ、ブライアン――少しは耳にしているだろう――そして心底同情してくれる娘と出会った……そして、生まれて初めての感情が芽生えた。ベッドを共にしたいというだけじゃない、熱い想いが」

「わかった、サム」わたしは言った。「そこまではわかった。続けてくれ」

「おれのボスの秘書なのが厄介だった。バグショーとは馬が合わなかったし、もともとおれはお偉方には目をかけてもらえないほうだ。人望がないのは自分でもわかっている……だから昇進もいつも見送られた。でもバグショーの指示には従ってきたし、イエス、ノーの意思表示をしてご機嫌を取り、効果が出てきたと感じていた。もっと取り入れば、バグショーは——もちろんおれを気に入っていないかもしれなかったし——もうあきらめたけれど——ときどきは気に留めてくれて、おれを昇進リストに載せてくれるかもしれない、とまで思っていた。だが彼の秘書と肉体関係にあると知ったら、もちろん出世は見込めない。ほら、彼はペギーを気に入っていただろう。そうでなかったらバタシーから異動させなかったはずだ。何もおれのように彼女を求めていたとは言わないけれど、ペギーとの旅行の計画が外に漏れたら、おれに出世の見込みが——それこそまったく——なくなるのは目に見えていた」

わたしは言った。「そこまでは納得した。それで『ミスター・クラークソン』を名乗ったんだね？」

「名前はペギーが選んだんだ。彼女は『ミセス・クラークソン』と名乗るのが楽しかったんだろう。おれにとって特別な存在になるようだと言っていた」

わたしは言った。「でも彼女は頭文字の入ったハンカチを持っていた」

バーケットは肩をすくめた。「こんなことになるとは、夢にも思っていなかっただろうからな？　とにかくおれたちは旅の計画を立てた。ザ・ベルボイ・ホテルを選んだのはベルディーンがロンドンから近距離で、食堂の掲示によるとおれたちが望んでいる『お忍び歓迎』の場所に思えたからだ。だがそれが大間違いだった。へまをしたもんだ。おれが列車で先に行き、ペギーは次の列車で来るという手はずをうまく整えていたつもりだった。ホテルの部屋は電話で予約したので住所を伝える必要がなかった……すっかりいい気になっていた」

「他の署員も同じ掲示を見ているとは思わなかったのか？　サム？」

「ああ、そうさ！　ロビーでペギーを待ちながら、彼女と寝室で過ごすことで頭がいっぱいになっていた。すると二階から下りてきたのが、人一倍嫌いなバグショーだったんだ！　彼にだけは会いたくなかったよ……ペギーと一緒にいるところを見られたくなかった！」

　わたしはバーケットの話に聞き入っていた。彼が彼女を崖から突き落として死に至らしめたかどうかについては忘れていた。「実に気まずい立場だな。それでどうした？」

「もちろん、姿を隠したさ。警察の研修で教わった中で一番役に立つ……尾行している人間に見つかりそうになった時の方法だ」

「それでバグショーには見つからなかったのか？」

「ああ、何とか」

「で、ペギーも気づかれずに済んだんだな？」

「かろうじて。その時に玄関口に来ていたら、彼と鉢合わせしただろう。待っていて彼女が見つからないか気が気でなかったよ。もし見つかったら、そのまま彼女が言い訳するに任せておれは出てゆかないほうがいいか、それとも出ていって、バグショーの批判を真っ向から受けたほうがいいか決めかねていた。だが幸いにも何らかの理由で彼女は遅れた。バスが遅れたのでなかったら、バス停からホテルまでの距離が思ったより長かったんだろう」

　もちろんわたしは先刻承知だ。「何で遅れたかきみに言わなかったのか？」わたしは尋ねた。

「ああ、そんな暇はなかった。彼女が来た時、おれはバグショーがいなくなったか偵察してから彼女を二階へ連れていった。挨拶もそこそこに――すっかり気が動転していたし、彼女はおれが何を考えているか理解できなかった。そしてバグショーがいると話したら……彼女はいきり立った」

「何故ペギーはそれほど動揺したんだ?」

「ばかをいうな、ブライアン。彼女はひどく神経質だったし、そもそも密会を誰かに――少なくとも勤務先の職員に――知られたいと思う娘はいない。それに――前に話したかな、バグショーが彼女に言い寄ったことがあったって? ありがたいことに彼女にはその気がなかったが、おれと関係を持っていると知ったら、バグショーが批判的になるのは明らかだった。つまり彼女もおれも、彼に出くわさないように部屋から出られないという羽目になってしまった。それに気づいた時、ペギーは旅程を縮めて帰りたいと言い出した。だがそれはあまりに危険だとおれはなだめた。夜は部屋でそのまま過ごし、ごく早朝に人目に触れないようにホテルを出るほうがましだと伝えた」

「それを実行したんだな?」

「ああ。ペギーもすぐに機嫌を直してくれた。部屋のドアに鍵をかけて、さてゆっくりするか、とも思ったが、食べたり飲んだりする気にもなれず――結局、ホテルに来た目的を果たしただけだった」

8

わたしは言った。「それで夜が明けて出ていったのは、六時三〇分頃か?」

「それよりもっと前だ。おれたちは五時に起きて階段を忍び足で下りた。問題は、その後に何をするかだった。ふたりでいるだけでとても幸せで、何もかもが最高だった。もし——ホテルを出ていかなくて済んだのなら。旅行を止めてロンドンへ戻らなければいけないか、とペギーに訊かれたが、そんな気にはなれなかった。まだ二泊は——もちろん二日分の昼も——自由な時間があったので無駄にしたくなかった。いまから思えばやや軽率だったかもしれなかったが、新しい部屋が借りられたら何をしようとバグショーに知られることはない、と彼女に言った。そこで朝早い時間に部屋探しをして目立つのを避けるため、教会の構内でしばらく時間をつぶしてから、簡易宿泊所を探しにいった。実に落ち着いた部屋を借りられたよ。家主の親切な老人は、若者の自由な恋愛についてこぼしていたので、おれたちは『クラークソン夫妻』と名乗った」

「それで?」わたしは問いただした。「喧嘩でもしたのか?」

「喧嘩? まさか。おれたちは『若者の自由な恋愛』を楽しんだ……いままでで最高の時だった。ずっと幸せの絶頂にいた」

「むしろ何か起きていたらよかったのに。彼女が出ていって崖に向かう前に」

「おれに関する限り何もなかった。唯一困ったのは……いったん区切りをつけなければならなかったことだ。とにかくその時点で。肝心なのは、いつまた休暇を取って一緒に旅に行けるかという点だった。できるだけ早くまた旅をしたかった」

わたしは言った。「でもそれでは話が合わない。きみたちは日曜日の夜に話したのだろう？何もかもが素晴らしく喧嘩はしなかったというが――それでも二、三時間のうちにペギーは崖から突き落とされて死んだ」

バーケットは言った。「ああ、確かに。ひどい話でまったく信じられないが、幸せいっぱいだったおれたちには無縁だ。ペギーが人生最後の二夜に至福の時を過ごしたと思うと少しは慰めになる」

「確か言っていたよな。彼女は幸せそうだったと。何故、彼女は先に帰った？」

「来る時も別々だったようにロンドンへは一緒に戻らないと決めていた。それでペギーはブライトンまでバスで戻ることにしていた。おれは彼女のスーツケースを持ち帰り、月曜日に手渡す予定だった。それで彼女は日曜の午後七時少し前に出発した」

「ひとりでかい？　きみを簡易宿泊所に残して？」

「ああ、おれはその三〇分後にブライトンへ向かった」

「なるほど」わたしは言ったが……バーマンだってそう言ったに違いない。「じゃあ誰が彼女を殺したんだ？　そして殺された理由は？」

第十八章　話の結末

1

サム・バーケットが言った。「そう問い詰めるなよ、ブライアン。ペギー殺しでおれを訴えると言うんじゃないだろうね？」

「何もぼくのために訴えるわけじゃない」わたしは応えた。「だが話を聞いた身としては、きみを警察署へ連れてゆく義務がある――いままでの話をバーマンの耳に入れてもきみが逮捕されなかったら、それこそ驚くよ」

「裁判官規則（警察官の作成する調書を証拠として採用し得る基準を定めたもの）はどうなる？　警告を与えられなかったぞ。とにかく、おれは何も証言していない。おまえが証言しているだけだ」

「供述を撤回するのか？」

「いや、あれは供述じゃない。雑談していただけだ。おまえは記録を取らず、おれのあいまいな発言を覚えているに過ぎない。頭の中にある持論と混同している。確かおまえは最初バグショーを罪人として訴え、退けられた。そして今度はその矛先をおれに向けた。こんなことをして何になる、ブライアン。次は――それこそバーマンを訴えるつもりか？」

　ばかを言うな、とわたしは言った。

「言わないさ――おまえが言わないなら。おれに不利な証拠をおまえは持っていない。おれのいい加減な供述を元にしても、ペギー殺しの犯人がおれだとは誰も信じまい。だっておれたちは至福の時を過ごしたんだから」

「そうじゃなかったはずだ」わたしは言った。「最終的には。きみの話は簡易宿泊所に着いたところまでは本当だろう。それからは先細りだ。具体的な話がないし、宿泊所の女主人の名も出てこない。きみとペギーとは仲睦まじいカップルだったというが証拠は何もない。簡易宿泊所に訊き込みをしてその女性から聞いた話では、昨夜は……」

「そこまでお見通しか」バーケットは言った。「でも勘違いしないでくれ、ブライアン。ペギーを殺していない、彼女の死をこれっぽっちも望んでいなかったんだから。楽しい将来を、この間のように夜な夜な素晴らしい時を過ごすのを楽しみにしていた。それは彼女も同じだった。『何もかもが最高に素敵』と言っていたくらいだ」

「言うのは勝手だ。まだ証拠がないし確認のしようもない」

「言い返すようだが、話を信じようと信じまいと自由だけど、証拠は探さないでくれ」

「矛盾が生じるからか？」

「いや。そうじゃないが、証拠が出るとおれはつるし上げられてしまう。それにペギーにとってもひどい話だ。いい娘で通っていたし、儚い幸せしかつかめなかったとしても、実際にいい娘だった。彼女がどう思われようと、もう死んだから無関係だというのか？　とにかくおれは生きていて、疑念を向けられれば大きな問題になる。ペギーと関係を持ったと調書に書かれたら、証拠がなくても、そしておれの供述だときみが呼ぶ物すべてを否定しても――実際には供述ではないが――身の破滅だ。それをわかっているのか？」

「証拠の隠蔽」わたしは言った。「犯罪自体とは別にして、それはたいていは罪悪感から来る」

「おれは殺人の罪の意識などないし証拠の隠蔽などしていない。だがおまえが話したら――上司の秘書と関係を持ったと公表されたら……処罰とまではいかないが……窮地に陥って――おれは一巻の終わりだ。節度ある行動を取ってほしいんだ、ブライアン。いままで話したことは黙っていてくれ」

2

ほんの数分前、誰が――バーケットでないなら――ペギー・ソーンダーズを殺したか、そしてなぜ彼女は殺されたか、とわたしは尋ねた。バーケットは自らを弁護する必要に迫られても、わたしの疑問に対する答えを出さなかった。それも頷ける。というのも、彼は刑事で、刑事たるもの常に捜査手順を計画しているからだ。彼自身がほのめかせば、代わりの容疑者を作り上げられたはずなのに？

バーケットの犯行ならよいのに、と思っていることにわたしは気づいた。彼は——何かを求めている時には——友達のような口ぶりで話すが、特に親友というわけではなかった。それでもわたしは、嘘をついてでも、彼を終身刑の宣告から救えないとしても、少なくとも彼を導きたいと願った。前に言ったと思うが、バーケットは虫けらのような奴だ。しかしどんな男でも虫けらになってしまうような悲惨な人生を彼は送っているのだから、苦しんだ挙句にこんな末路を辿るのは、あまりにも気の毒だ。わたしの推理にバーマンが興味を持ってくれていたら、バグショーが終身刑になるという考えに煩わされたりしなかっただろう。だがバーケットの件は「酌量すべき情状」で話が別だ。そう、事情が違う。バーケットには同情せざるを得ない。それに反してバグショーを憐れむ気にはまったくなれない。

考えているうちに、ある推理が浮かんだ。バーケットの話によると、バグショーはペギー・ソーンダーズに言い寄っていた。そして彼女にはその気がなかった……少なくともバーケットはそう言った。だがそれは本当だろうか？　それともただペギーがバーケットにそう話しただけなのか？

役職者が——会社でも警視庁でもどこでも——自分の秘書に言い寄った時、秘書は愚か者でもない限り上司の顔をひっぱたきはしない。だが言い寄られるのが嫌でも、その女性はそれを利用する——何故なら他の選択肢は失業しかないからだ。将来付き合う気がなくても、秘書もスリルは感じている。だから上司は、特に妻と長期間離れている場合は脈があると誤解するはずだ。

バグショーがその気になっていたとしたら、ペギーにずいぶん入れ込んでいたはずだ。彼の妻についての話が事実でも、妻との実験が失敗に終わった場合に慰めてくれる相手として、ペギーを融通の利く相手と見ていたに違いない。

その上――バーケットは、彼もペギーもバグショーには見られなかった、と言っていたが、実際に見ていなかったかは断言できない。バーケットたちを見て、ふたりの関係に感づいたかもしれない……そしてバグショーはペギーに軽んじられていたと気づく。「融通の利く相手」どころか、他の巡査部長と逢瀬を重ねつつ、上司にも気がある素振りを続けていた彼女に……。

それは殺人の動機になり得るだろうか?

ペギーの仕打ちを苦々しく思っていたバグショーが日曜日の夜ひとりで崖に行き――そこで彼女と出くわしたら……。

3

まさにその時、わたしは道路から視線を逸らし、崖縁に向かって広がる草地へ目をやった。そこで知った顔を見つけた。助手席に座っているバーケットも同じ方向を見ている。

驚いてわたしはとっさに言った。「車を止めるか?」

バーケットは言った。「何だって? いや、止めないでくれ。さっさと走り去ろう」

そこでわたしは運転を続けた。再び熟考してゆくうちに、推理は違う方向へ向かった。

4

半マイルほど車を走らせながらもさまざまな推理が頭を巡っていた。そして車を停め、Uターンをした。

バーケットが言った。「どうした？　何をしている？」

「察しはついているはずだ。数分もすればこの事件の全容がつかめる」

「勘弁してくれ。おれが望んでいないのはわかっているはずだ、そしてその理由も」

「きみに選択の余地はない」わたしは言った。「事実を揉み消すつもりはない。真実を明らかにするつもりだ。どうかやりたいようにさせてくれ。もっとも、真実を話してくれてもいい。その後に何が起きたかは、何を学び――何を証明できるか――による。ぼくとしては、きみから真実を聞きたい。日曜日の夜に何があったか知りたいんだ。いまのところは推理の段階だが、それが正しいことをぼくは――そしてきみも――知っているし、それを――きみか第三者によって――裏付けられるのもわかっている」

「そうしたら身の破滅だ」バーケットは言った。「殺人で告訴されたら、すべてがばれる」

「事実と立ち向かわなくては」わたしは言い返した。「きみ自身が殺人で訴えられるか、真実を話すか、だ」

その後、説得に五分を要した。だが最後には観念したらしく、バーケットは話し始めた。

5

「おれたちは借りた部屋に一日半滞在した。年配の女主人が食事を持ってきてくれて、手を握り合っているおれたちに優しい言葉をかけてくれた。いろいろとたっぷり楽しんだが、終盤になると、すべてが終わる予感に少し悲しさを覚えた。ロンドンへ戻る前にぜひ一緒に海を見にいこう、とペギーから誘われた。月明かりのもとで海が見たい、そしてあれこれ思いをはせるのだ、と彼女は言った。月は出ていないしブライトン行きのバスからでも海は見える、となだめても、それじゃだめだ、一緒に見たいのだとせがまれた。バグショーに会うのが怖くて、それまでずっと室内にいた。外は暗くなりはじめていたし、バグショーが夕食前にホテルで食前酒を楽しんでいないとも限らない。それに――ペギーはすっかりロマンティックな気持ちになっていたので、別々に帰る彼女を元気づける意味で、一緒に海を見にいくことにした。おれにとってはたいした意味はなかったが――海は十分に見ていた――彼女にとって大きな意味があったのは確かだ。それに、さっきも話したが、室内に戻ろうとした時ペギーは言ったんだ、『何もかもが最高に素敵』と」

バーケットがそこでいったん区切ったので、わたしは言った。「いい思い出というわけだ」

「だが長くは続かなかった。夜は玄関のドアだけ施錠すると女主人から聞いていたので、夜間でも呼び鈴を鳴らすことなく勝手口から自由に出入りできた。外出から戻ると、ドアマットの上で抱き合ったまま一分ほどキスをした。すると背後でドアが開いて、声が聞こえた。『あら、素敵だこと。お楽しみの様子ね！』」

6

わたしは言った。「女の声か？」

「ああ、エルシーにどうして居場所がばれたかわからない——怪しんでロンドンから尾行していたのだと思う。ペギーとの仲をさらに探るために後をつける方法を学んだんだ。この一か月というもの、警視庁で遅くまで残業していたと言い訳をしながら、おれが週に三日ペギーの下宿先へ行っているのを妻は知っていた——おれたち夫婦はギルフォードの友人宅に招待されていたが出かける直前に、担当している案件があるので行けなくなった、とおれは断った。エルシーはひとりで行くと言ったが、いまから思えば嘘だろう。おそらくペギーの下宿周辺を調査してからベルディーンまで尾行したんだ。そうだとすると、妻はペギーがザ・ベルボイ・ホテルへ入ろうとするのを目撃したはずだ——ちなみにあのホテルは、おれの懐具合からすると高級で、妻との旅行では利用しないランクだから余計に腹立たしかったのだろう——だが、乗り込んでひと悶着起こすほどの度胸はなかったようだ。とにかくホテルへ乗り込んではこなかったのは確かだ。ペギーが入ってきたから、おれは急いで部屋へ連れていった。おれたちの逢瀬を思って、さぞエルシーは腹立たしい一夜を過ごしたことだろう。だがおれたちが朝六時にホテルを出るとは思いもよらなかったようで、妻はおれたちを見失った。おそらく土曜日の午前中にフロントへ尋ねたのだろうが、おれたちの行く先を知っている者はいなかった」

わたしは言った。「エルシーがそのままずっとベルディーンに滞在していた証拠など、ないだろう?」

「ずっとはいなかっただろうが、妻はブライトンの観光客に紛れ込んだおれとペギーを見つけようとしていたのかもしれない。そして日曜日にベルディーンへ戻った——それは確かだ。おれとペギーが海を見て戻ってきた時に尾行が間に合ったに違いない。おれたちが簡易宿泊所に戻った時には一、二フィート後ろにいたのだろう。ペギーと中でキスをしていた時に入ってきたんだから」

「それで?」わたしは問い質した。

「妻のことだ、わめき出したよ。恐ろしい剣幕で! もううんざりだ。一度始まると延々と怒り狂うんだ。その様子を女主人に見せたくはなかった。だからおれとペギーは貸し間へ入っていった。エルシーもすぐ後ろについてきてドアを閉めると、おれたちを罵った。正直言ってその部屋でだけは勘弁してほしかった。わかるだろう、だって——ペギーとおれはその部屋で素晴らしい時を過ごしたんだ。それに室内は乱雑になっていた。ペギーを惨めな目に遭わせるのは辛かったよ!」

「彼女はきみと同じくらい罵声を浴びせられたんだね?」

「むしろ、ひどかった。おそらくエルシーはおれには後で文句を言えると思ったのだろう。だから矛先をペギーに向けてあの毒舌でまくし立てた——どんな形相だったか、おまえにも想像がつくだろう。ありとあらゆる悪い言葉を吐き出して、手がつけられなかった。ペギーを爪で引っ掻こうとでもしたら――一、二度その気配があった――力ずくで止めるつもりだったが、妻がわめき立てるのは止められなかった。だから延々と続いたんだ」

「女主人は気づかなかったのか？」わたしは尋ねた。

「ああ。外出していたのかもしれない。そういえばペギーも少し落ち着いた頃、果敢に言い返していたよ、妻との生活でおれが愚痴をこぼしていた点をあげつらっていた。だがあまり効き目はなかった。わめき始めるとエルシーは手がつけられない。その罵詈雑言にペギーは太刀打ちできなかったんだ」

「それで、どう決着がついたんだ？　その時点では収束しなかったのか？」

「三十分ほど経つとペギーは泣き出して家から出ていった。その後を追えないよう妻はドア口に立ちはだかり、おれを非難した」

「エルシーを押しのけて、追いかければよかったのに？」

「それでどうなるっていうんだ？　ペギーはエルシーから逃げた。まっすぐにロンドンへ戻ったに違いない、とおれは思った。それにエルシーに何を言われてもおれはあまり気にならなかった。これで妻とは終わりだと薄々気づいていた。とうとう離婚だ。そうなればむしろ儲けものだよ。エルシーから離縁状を突きつけられ、おれはペギーと再婚できる。エルシーが嫌がらせで離婚を拒否しても――ペギーは結婚届にこだわらないだろうと信じていた。おれの行動がバグショーにばれないようにすることだけが気がかりだった。それにエルシーが彼のもとへ押しかけて暴露する危険もあった」

「そこできみは黙ったまま、エルシーの気が治まるのを待っていたんだな?」

「そうだったと思う。だがあいにく、妻は一向に穏やかになる気配がなかった。ずっとおれへの不満をぶちまけていたが、急に部屋から出ていったよ」

「後を追いかけなかったのかい?」

「ああ。もううんざりだった。玄関から外を覗いて、妻がザ・ベルボイ・ホテルへ向かっていないか確かめはしたけど。もし向かっていたら、追いかけて通りで口論になっていただろう。だが妻の行く先はホテルではなかった——崖へ向かう道を歩いていた」

「その夜の出来事できみが知っているのは、それで全部か?」

「もちろんだ。おまえと同じく、おれだっていろいろ推理できるが、実際の出来事と一致するとしても、推理は証拠にはならないぞ」

7

「何故それを前に話さなかった?」わたしは尋ねた。「隠しておきたかったはずのペギーとの関係をきみは認めていた——なのに何故エルシーについてはいまになって言うんだ?」

「おまえのせいだよ。おれが簡易宿泊所の訊き込みをしていなかったのを知ったら、殺人犯だと疑われるのは目に見えていた。だからおれには動機がなくて、万事あべこべになっているのを十分に説明する必要があったんだ。堂々としていれば友人のおまえが力になってくれる、と思った――どちらかというと、そう望んだのかもしれない。おまえが裏で調べていたのを知り、すべて話さねばならないとわかった。わかるだろう――おまえにはエルシーを捜査してもらいたくなかった。すべてが明らかになっておれは破滅するから」

いまさらながらバーケットは虫けらだと思った。勇気のかけらもない。

わたしは言った。「頼むからしっかりしてくれよ、サム。もしエルシーが終身刑でぶち込まれたら、彼女の小言を八年から十年は聞かずに済む。きみに別の女ができても驚かないよ。警察は辞めなくてはならないだろうが、その見込みはどのくらいだ？　保安業務に就く資格はあるんだから、いまよりよっぽど幸せに暮らせるんじゃないか。バグショーにどう思われるか気にする必要もなくなる」

「そうか、その可能性もあるな？」

8

それで少しバーケットは気が楽になったようだった。

だがその後に彼は言った。「だめだ。うまくいかない」

「どこがだめなんだ？」

「おまえの推理だよ。エルシーがペギーを崖から突き落としたのはほぼ間違いないが、決して証明されない。証拠が一切ない——妻に愛想が尽きていてペギーと再婚したかった、というおれの主張だけで、他には何もない。それに彼女と同様、おれにも証拠がない。裁判になっても弁護側はおれの話がでっちあげだというだろう。エルシーは金曜日にベルディーンにいたのを否定するし、おれは妻がいたのを言葉でしか証明できない」

「何故ならエルシーはもうひとりの目撃者を殺したからだ、と言いたいのかい？　そして女主人は外出していてエルシーを見ていない。そうなると、何者かが通りでエルシーを見ていない限り……」わたしはふと口を閉じた。

「そうだ」わたしは思いついた。「数分前に言っていたね、貸し間にいる時、エルシーがペギーを引っ掻くのではないかと思ったたって」

「ああ。妻は両手を見つめてから上げた……それで何をするつもりかわかったから妻とペギーの間に割って入ったんだ。でもその後妻はテーブルの上に両手を着いた——おれとペギーのふたりが相手では勝ち目がないとわかったんだろう」

「するとエルシーは手袋をしていなかったんだね？」

「ああ。元々めったに手袋をつけない」

「わかった」ぼくは言った。「いまこの時間にもエルシーがこの崖のどこかにいると知っているかい？　彼女の姿を再び見た時、頻繁に訪れる理由が気になった。犯行現場に戻る犯罪者を思わせたんだ。それで思い出したよ、捜査がどの程度進んだか、しきりと聞きたがっていたのを……ぼくが言葉を濁した時、エルシーはすでにきみから聞いたと言っていた。その時にはその発言が気にならなかったが、崖の上で再び姿を見た時、彼女を駆り立てているのは、身の安全が続いているか知りたいという本能だと思った。それでぼくはぴんと来た」

「証拠がつかめなければ意味がない」バーケットは悲観的だ。

「実際にはそう難しい話ではないよ。女主人の住所は?」

バーケットは教えてくれた。「だが彼女に訊いても無駄だ……エルシーを見ていないんだから」

わたしは笑いかけた。「頭を使えよ、サム、いいかい。いますぐにでもブライトンへ行ってバーマンにすべて話すんだ。もちろん気が進まないだろう――話したがる者などいるか? だが聞いた話をぼくが全部報告書に書く前にきみが打ち明けていたほうが効果的だ。ほら――バスが来る――さあ乗るんだ!」

バーケットは戸惑った。「何をするつもりだ?」

「滞在した簡易宿泊所へ行って、エルシーの指紋を探すつもりだ。ドアノブや、彼女が引っ掻こうとするのを止めて手を置いたテーブルに、きっと残っているはずだ。もし状態のよい指紋が取れたら、彼女はアリバイの立証が難しくなる」

「ああ、助かった」バーケットは叫ぶと、バスへ駆けていった。

9

わたしはベルディーンへ向かおうと車に乗り込んだ。その時エルシーの姿が視界に入った。すぐ近くにいた。いつからそこにいたのか……。振り返った彼女の表情からすると、バーケットと話していた内容を、少なくとも話の終わりのほうを聞いていたようだ。

話しかけようと車のドアを開けると、エルシーは背を向けて走り出した……まっすぐ崖の縁に向かって。どうしても追いつけなかった。

訳者あとがき

本作『ある醜聞《スキャンダル》』は、英国のミステリ作家ベルトン・コッブが一九六九年に発表した“Scandal at Scotland Yard”の邦訳です。

ロンドン警視庁《スコットランドヤード》の中堅刑事として働くブライアン・アーミテージ警部補が活躍する本作は、若き女性職員の非業の死を軸にして物語が展開されます。事件の背景に警視庁内の醜聞が関わっていると信じるアーミテージ警部補が、女性職員を死に至らしめた犯人を捜査すると同時に、醜聞に対して穏便な幕引きを図ろうと孤軍奮闘する警察小説です。

Scandal at Scotland Yard（1969, W. H.ALLEN & COMPANY LTD.）

事件が起こり、犯人を捜すという筋立てに加え、醜聞や内部告発という日常的な事柄が織り込まれているので非常に読みやすい展開ですが、ミスディレクションが多く盛り込まれ、入念に作りこまれた作品です。醜聞は誰の身にも起こり得る事柄で、ともすれば冤罪にも発展しそうな要素もはらむストーリーが、コッブならではの柔らかな筆致で描かれています。

時には空回りしながらもひたむきに真実を追求するアーミテージ警部補は、管理主義のこわもての上司のバグショー警視からはたびたび叱責されますが、職場結婚をした妻のキティーから捜査についての助言を受け、推理の軌道修正をしてゆきます。そんな彼にとって警視正チェビオット・バーマンは良き理解者、指導者であり、今回の事件でとかく迷走しがちなアーミテージ警部補をたしなめ、捜査の基本をことあるごとに説く存在です。

以下、作家のベルトン・コッブについてご紹介しましょう。

ベルトン・コッブ Geoffrey Belton Cobb（一八九二―一九七一）はロンドンのロングマン出版社の営業ディレクターとして働くかたわら、週刊諷刺雑誌「パンチ」やその他の雑誌へ定期的に寄稿していました。彼は数多くのミステリ作品を手掛けています。本格ミステリでありながら軽妙でユーモアも随所に盛り込まれた作風は、雑誌へ多く寄稿した経歴からも頷けます。また警察関連のノンフィクションでも手腕を発揮しており、警察内部で必読の書とされているものもあるそうです。日本ではこれまで『消えた犠牲《いけにえ》』（一九五九年　東京創元社）が発表されています。

彼の作品は以下のとおりです。

〈チェビオット・バーマン〉シリーズ

No Alibi（1936）
The Poisoner's Mistake（1936）
Fatal Dose（1937）
Quickly Dead（1937）
The Fatal Holiday（1938）
Like a Guilty Thing（1938）
Death Defies the Doctor（1939）
Sergeant Ross in Disguise（1940）
Home Guard Mystery（1941）
Inspector Burmann's Black-out（1941）
Double Detection（1945）
Death in the 13th Dose（1946）
No Last Words（1949）
The Lunatic, the Lover（1950）
Next-door to Death（1952）
No Mercy for Margaret（1952）
Corpse Incognito（1953）

Detective in Distress（1953）
Need a Body Tell?（1954）
The Willing Witness（1955）
Corpse at Casablanca（1956）
Doubly Dead（1956）
Drink Alone and Die（1956）
Poisoner's Base（1957）
The Missing Scapegoat（1958）『消えた犠牲《いけにえ》』（東京創元社）
With Intent to Kill（1958）
Don't Lie to the Police（1959）
Death with a Difference（1960）
Corpse in the Cargo（1961）
Search for Sergeant Baxter（1961）
Murder: Men Only（1962）
Death of a Peeping Tom（1963）
Dead Girl's Shoes（1964）
No Shame for the Devil（1964）
Last Drop（1965）

Some Must Watch（1966）
A Stone for His Head（1966）
Lost Without Trace（1967）
Security Secrets Sold Here（1967）
Silence Under a Threat（1968）
Catch Me - If You Can（1970）
Horrible Man in Heron's Wood（1970）
Suspicion in Triplicate（1971）

〈マニング〉シリーズ
Early Morning Poison（1947）
The Framing of Carol Woan（1948）
The Secret of Superintendent Manning（1948）
Inspector Burman's Busiest Day（1939）
Stolen Strychnine（1949）
No Charge for the Poison（1950）

〈ブライアン・アーミテージ〉シリーズ

I Never Miss Twice（1965）
Secret Enquiry（1968）
Food for Felony（1969）
Scandal at Scotland Yard（1969）　本作
I Fell Among Thieves（1971）

ミステリ以外の小説
Island Adventurers（1927）
Price on Their Head（1928）

ノンフィクション
Critical Years at the Yard; the Career of Frederick Williamson of The Detective Department and the C.I.D（1956）
The First Detective（1956）
Murdered on Duty（1961）
Trials and Errors（1962）

今回六十年ぶりに邦訳されたコップの作品をどうぞご堪能ください。

作品リストをご覧いただくとわかるように、コッブは人生の半ばから執筆を始め、晩年まで数多くの作品を発表しています。論創社では初期の作品 "The Poisoner's Mistake" (1936) を今後刊行する予定です。どうぞお楽しみに。

本作出版に当たり、論創社編集部の黒田明氏、校正者の内藤三津子氏、平岩実和子氏にお力添えいただきました。心より感謝いたします。

〔著者〕
ベルトン・コッブ
本名ジェフリー・ベルトン・コッブ。1892年、英国ケント州生まれ。ロンドンのロングマン出版社の営業ディレクターとして働くかたわら、諷刺雑誌への寄稿で健筆をふるい、特にユーモア雑誌「パンチ」では常連寄稿家として軽快な作品を多数執筆した。長編ミステリのほか、警察関連のノンフィクションでも手腕を発揮している。1971年死去。

〔訳者〕
菱山美穂（ひしやま・みほ）
1965年生まれ。英米文学翻訳者。主な翻訳書に『運河の追跡』、『盗聴』（ともに論創社）など。別名義による邦訳書もある。

ある醜聞《スキャンダル》
——論創海外ミステリ 245

2019年12月20日　初版第1刷印刷
2019年12月25日　初版第1刷発行

著　者　ベルトン・コッブ
訳　者　菱山美穂
装　丁　奥定泰之
発行人　森下紀夫
発行所　論 創 社
〒101-0051 東京都千代田区神田神保町2-23 北井ビル
TEL:03-3264-5254　FAX:03-3264-5232　振替口座 00160-1-155266
WEB:http://www.ronso.co.jp

印刷・製本　中央精版印刷
組版　フレックスアート

ISBN978-4-8460-1875-7
落丁・乱丁本はお取り替えいたします